小窗幽記

但看花開落，不言人是非

陳繼儒——著　何攀——評注

MEDITATIVE NOTES
IN SOLITUDE

在花前或月下讀翻幾頁
《小窗幽記》
夢裡都是叮咚的泉水聲——

出世
入世、情愛

目錄

譯者序

第一，目前見到的《小窗幽記》最早的版本為清乾隆三十五年（西元一七七〇年）問心齋刻本，除了這種本子題名為「眉公陳先生輯」外，在此之前沒有任何證據表示陳繼儒有此種作品。

第二，明天啟四年（西元一六二四年），陳繼儒六十七歲，《醉古堂劍掃》問世，其書與《小窗幽記》的絕大部分內容是相同的，輯纂者為陸紹珩。

第三，在《醉古堂劍掃》的「參閱姓氏」（參閱即參與校閱，多是掛名來給書添些噱頭）中，陳眉公的大名就列在首位，列出的「採用書目」中也有陳繼儒的作品《眉公祕笈》、《巖棲幽事》，這也能說明《醉古堂劍掃》的作者不是陳繼儒。

綜合以上幾點，《醉古堂劍掃》的輯纂者應為陸紹珩，應該是此書刊出後在國內流布不廣，而陸氏聲名不顯，乾隆時期書商借陳繼儒之名重新以《小窗幽記》的書名刊行牟利，於是就有了後來的誤傳。值得注意的是，此書在日本一直以本來面目流傳，今存日本嘉永六年的

刻本，更是善本。另外，在清雍正七年（西元一七二九年）李家聲就先盜竊此書題為《山房積玉》刊行，影響不大。

本次注釋，限於叢書體例，仍題為《小窗幽記》，署陳氏之名。隨著大家對《醉古堂劍掃》越來越熟悉，恢復陸氏輯纂之事實應該會實現。

根據《醉古堂劍掃》的內容，我們只知道：陸紹珩，字湘客，松陵（今江蘇吳江）人，號稱是唐代詩人陸龜蒙（號天隨子）的後人。他在自序中說：

昔人云：「一願識盡世間好人，二願讀盡世間好書，三願看盡世間好山水。」或曰：「盡則安能？但身到處，莫放過耳。」旨哉言乎。余性懶，逢世一切炎熱爭逐之場，了不關情。唯是高山流水，任意所如，遇翠叢紫莽，竹林芳徑，偕二三知己，抱膝長嘯，欣然忘歸，加以名姝凝眄，素月入懷，輕謳緩板，遠韻孤簫，青山送黛，小鳥興歌，儕侶忘機，茗酒隨設，余心最歡，樂不可極。若乃閉關卻掃，圖史雜陳，古人相對，百城坐列，几榻之餘，絕不聞戶外事，則又如桃源人，尚不識漢世，又安論魏晉哉？此其樂，更未易一二為俗人言也。第才非夢鳥，學慚半豹，而一往神來，興會勃不能已，遂如司馬公案頭常置數簿，每遇嘉言格論、麗詞醒語，不問古今，隨手輒記。卷以部分，趣緣旨合，用澆胸中傀儡（塊壘），一掃世態俗情。致取自娛，積而成帙。今秋落魄京邸，睹此寂寂，使鄧禹笑人，未免有情，亦復誰能遣此？因共友人問雨花之址，尋採石之巖，江山歷落，使我懷古之情更深，乃出所手錄，快讀一過，恍覺百年幻泡，世事棋枰，向來傀儡（塊壘），一時俱化。雖斷蛟剸筆之利，亦不過是。友人鼓掌叫絕曰：「此真熱鬧場，一劑清涼散矣。夫鏌邪鈍兮鉛刀割，君有筆兮殺無血，可題《劍掃》，付之剞劂。」予曰：「一編自手，率爾問世，得無為腹笥武庫者嗤乎？予笥不能盡書，余目不能盡笥，余手不能盡目，安用此戔戔者？」友曰：「不然，清史澆腸，筏言洗胃，片語隻字，皆可會心。但莫放過，何以多為？」余唯唯，搦管書之，以識予逢世之拙，聊以斯編寄趣云。

時甲子重陽陸紹珩題

這裡的甲子，正是明熹宗天啟四年（西元一六二四年）。結合他的自序與每一集前的小序來看，陸氏是一位胸有不平之氣卻無法有所作為，只好寄情於山水筆墨的士人，他生當晚明國事難為之際，平日就有心收集一些名言警句，最終編成了這樣一本集子。

本書為輯錄其他作品中的文字而成，在輯錄的過程中或有改易。作者自己列出所採書目如下：

《史記》、《漢書》、《淵明別傳》、《唐書》、《唐語林》、《唐世說》、《魯望集》、《歐陽漫錄》、《東坡外稿》、《山海經》、《博物志》、《蘇米譚史》、《古逸史》、《世說新語補正》、《皇明通紀》、

《明世說》、《太平廣記》、《玉堂閒話》、《見聞紀訓》、《楊升庵麗句》、《堯山堂外紀》、《冷齋夜話》、《挑燈集》、《初潭集》、《唐伯虎集》、《祝枝山集》、《遵生八箋》、《眉公祕笈》、《松窗雜錄》、《國史》、《婆娑園語》、《何氏語林》、《巖棲幽事》、《倩園快語》、《王百穀集》、《招隱集》、《清適編》、《藝窗清賞》、《小窗五紀》、《舌華錄》、《白氏長慶集》、《駱賓王集》、《漢武內傳》、《青樓韻語》、《李氏藏書》、《徐文長集》、《焦太史集》、《三袁文集》、《漱石閒談》、《閒情小品》

實際採錄的，應當還不只上述作品。這些作品中，有的作品本又抄錄了其他作品中的文字，加上陸氏有意無意的改動，故而考索《醉古堂劍掃》書中條目的出處也就變得特別艱難。根據許貴文先生的研究，本書採錄得最多的有洪應明《菜根譚》(一百二十餘條)、吳從先《小窗自紀》(一百二十餘條)、陳繼儒作品(數十條)、屠隆《婆羅館清言》與《續婆羅館清言》(四十餘條)。(參見許貴文《醉古堂劍掃研究》)

本書分醒、情、峭、靈、素、景、韻、奇、綺、豪、法、倩共十二集，收錄歷代格言警句一千五百餘條(具體數字因各本分段不同而略有出入)，內容十分豐富，所以有人稱它為晚明清言小品集大成之作，不無道理。它具備清言小品的優點，那就是言簡意豐，幾乎每個人都能從中找到心宜的句子，獲得高級的審美體驗。當然，它也具備一般清言小品的缺點，那就是刻意標榜，流於做作。這些，相信讀者在閱讀過程中自有判斷。

有人將本書與《菜根譚》、《圍爐夜話》合稱為「處世三大奇書」，這個說法，可說有一定道理。《菜根譚》勝在深刻，《圍爐夜話》勝在平實，本書則勝在多姿多彩。十二集其實可以歸結為三大類：出世、入世、情愛，這也是許多人的精神發展歷程中必須要面對的三類問題。三書合讀，相信讀者對於明清時期知識分子的精神選擇會有一定的了解，同時，對於我們今天為人處世也會有參考價值。從文學層面來說，本書旁徵博採，文采可說是最突出的，在閱讀過程中，不時就會出現精妙的語句，讓人眼前一亮。

因沿用《小窗幽記》之名，本次譯注，以乾隆三十五年刻本為底本，以日本嘉永六年（西元一八五三年）刻本《醉古堂劍掃》（常足齋藏板）參校。限於叢書體例，各條一般不注明出處（對理解原文有幫助的除外），陸氏所輯之文，或有改易，能說通的保留，不輕易改字。實在不通的，查對原文校改，不出校記。前面出現過的典故，後面不再詳注。

在翻譯過程中，筆者盡量簡約落筆以保持原文味道，有些淺顯的條目，不譯或改動一、兩字，是謂「以不譯譯之」。有的內容，輯者編入兩處，也能見出輯者的趣味，不做特別說明。

本書在譯注過程中從許貴文先生的著作《小窗幽記譯注》與《醉古堂劍掃研究》受惠特多，對清風先生的著作也有所參考，在此對二位前輩表達由衷的敬意。注釋時使用的工具書主要為《漢語大詞典》（上海辭書出版社，二〇〇八年）。本人才疏學淺，勉力譯注此書，必有許多不足之處，還望方家讀者批評指正。

要說明的是，本次限於叢書體例，出版的只是全書部分原文及注釋，全集之梓，留待來日。

卷一　醒

食中山之酒，一醉千日[①]。今世之昏昏逐逐，無一日不醉，無一人不醉，趨名者醉於朝，趨利者醉於野，豪者醉於聲色車馬，而天下竟為昏迷不醒之天下矣，安得一服清涼散[②]，人人解醒[③]？集醒第一。

注釋：

①中山二句：晉代干寶《搜神記》：「狄希，中山人也，能造千日酒。飲之，千日醉。」
②清涼散：中藥名，此喻讓人平息追逐之心的良言。
③醒：醉後神志不清。

譯文：

飲中山人狄希釀的酒，一醉就會千日。當今世上昏沉奔忙的人，沒有一天不醉，沒有一人不醉——求名的醉在朝廷，求利的醉在民間，豪奢的醉在聲色犬馬——天下竟然變成了昏迷不醒的天下！怎能有一服清涼散，讓人們從沉醉中醒來呢？

花繁柳密處，撥得開才是手段；
風狂雨急時，立得定方見腳根。

📖 **譯文：**
花繁柳密之處，能撥得開，才是真正手段；風狂雨急之時，能立得定站穩腳跟，才是有魄力。

使人有面前之譽，不若使人無背後之毀；
使人有乍交之歡，不若使人無久處之厭。

📖 **譯文：**
讓人當面讚譽自己，不如讓人在背後不毀謗自己；初次交往感到愉悅，不如不產生長久相處的厭煩。

遇沉沉不語之士，切莫輸心；
見悻悻自好之徒，應須防口。

譯文：

遇到深沉不言的人士，定不能表露真心；見到傲慢自大的小人，必須要防住自己的口。

議事者身在事外，宜悉利害之情；

任事者身居事中，當忘利害之慮。

譯文：

議論事情的人身在事外，宜了解利害的實情；承擔事情的人身居事中，應忘記利害的顧慮。

情最難久，故多情人必至寡情；

性自有常，故任性人終不失性。

譯文：

情意最難長久，多情到極致就是無情；本性自有常情，因而任性的人也是性情中人。

凡情留不盡之意，則味深；

凡興留不盡之意，則趣多。

譯文：但凡感情留下無盡的意味，則情味深長；但凡興味留下不盡的意韻，則意趣多有。

留七分正經以度生；留三分痴呆以防死。

譯文：人生一世，要留七分正經，三分痴氣。

輕財足以聚人，律己足以服人，量寬足以得人，身先足以率人。

譯文：輕財好施，足以聚引他人；嚴於律已，足以讓人信服；氣量寬和，足以獲得人才；身先士卒，足以率領眾人。

大事難事看擔當，逆境順境看襟度，臨喜臨怒看涵養，群行群止看識見。

📖譯文：

遭逢大事、難事，才能看出一個人的擔當；遭遇逆境、順境，才能看出一個人的氣度；面臨歡喜、憤怒，才能看出一個人的涵養；眾人或動或停，你卻有自己的判斷，這才能看出獨特的見識。

安詳是處事第一法，謙退是保身第一法，涵容是處人第一法，灑脫是養心第一法。

📖譯文：

安詳是為人處事第一法則，謙讓是保全身體第一法則，寬容是對待他人第一法則，灑脫是修養心性第一法則。

處事最當熟思緩處。熟思則得其情，緩處則得其當。

📖譯文：

處置事務最應深思熟慮再從容處理。深思熟慮就能考慮清楚實情，從容處理才能用到最合宜的方法。

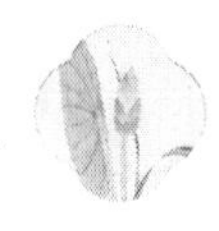

輕與必濫取，易信必易疑。

譯文：

輕易就施予的人，必然隨便奪取；輕易就信任他人的人，必然多疑。

良心在夜氣[①]清明之候，

真情在簞食豆羹[②]之間。

故以我索人，不如使人自反；

以我攻人，不如使人自露。

注釋：

① 夜氣：夜間的清涼之氣。儒家用來指晚上靜思所產生的良知善念。

② 簞食豆羹：簞、豆都是古代器皿，一簞飯食，一豆羹湯。指少量飲食，也比喻小利。

譯文：

良心在夜間清涼、靜思自身時最明晰，真情在日常生活、一飯一湯中最易展現。所以，用我的標準要求別人，不如讓他自我反省；用我的觀點攻擊別人，不如讓他自行顯露。

才人經世，能人取世，曉人逢世，
名人垂世，高人出世，達人玩世。

譯文：
有才華的人經營世務，有能力的人謀求世上的功績，明達事理的人選擇適合的世道，聲名顯著的人流傳後世，志行高尚的人遠離人世，心智通達的人遊戲人世。

神人之言微，聖人之言簡，賢人之言明，
眾人之言多，小人之言妄。

譯文：
神人的話語精微，聖人的話語精簡，賢人的話明智，一般人的話囉唆，小人的話虛妄。

能受善言，如市人求利，
寸積銖累[1]，自成富翁。

注釋：
① 寸積銖累：形容一點一滴地累積。寸：古代長度單位。銖：古代重量單位。

譯文：
能聽進別人的好意見，就如同做商人謀求利益，一點一滴累積，自然會成為富翁。

善默即是能語，用晦即是處明，
混俗即是藏身，安心即是適境。

譯文：
善於沉默就是能說會道，韜光養晦就是處事明白，混同俗情就是善於藏身，心境和平就是處境安適。

以理聽言，則中有主；
以道窒欲，則心自清。

譯文：
按事理來聽取別人的話語，則心中自有主張；用正道來阻塞心中的欲望，則心境自然清淨。

先淡後濃，先疏後親，
先遠後近，交友道也。

譯文：

先淡然再濃厚，先疏遠再親近，先遠觀再近交，這是交友之道。

寂而常惺①，寂寂之境不擾；

惺而常寂，惺惺之念不馳。

注釋：

①惺：清醒。

譯文：

寂靜中常保持清醒，那麼寂寞的情境也不能擾亂心志；清醒中常懷著寂靜，那聰明機靈的念頭也不會失控飛馳。

揮灑以怡情，與其應酬，何如兀坐；

書禮以達情，與其工巧，何若直陳；

棋局以適情，與其競勝，何若促膝；

笑談以洽情，與其謔浪，何若狂歌。

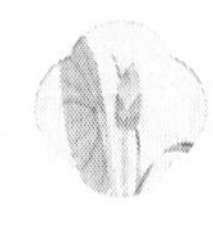

譯文：

揮毫灑墨是為怡情養性，與其忙於應酬，不如端坐書寫；書信答禮是為了傳達情感，與其工整巧言，不如直陳其事；棋局對弈是為了順情適性，與其競爭勝負，不如促膝談心；言談說笑是為了情感和融，與其戲謔放蕩，不如縱情狂歌。

士人不當以世事分讀書，當以讀書通世事。

譯文：

讀書人不應當用世事來分辨讀書之事，而是應當透過讀書來通達世事。

天下之事，利害常相半；有全利而無小害者，死讀書。

譯文：

天下的事情，好處害處常各占一半；全是好處而沒有一點害處的，只有讀書。

會心之語，當以不解解之；無稽之言，是在不聽聽耳。

譯文：

會心的話語，就當用不解釋去解讀；沒有根據的言論，還是以不聽的方式去聽才好。

藏不得是拙，露不得是醜。

譯文：

隱藏不得的是愚拙，顯露不得的是醜惡。

開口輒生雌黃月旦[①]之言，吾恐微言將絕；捉筆便驚繽紛綺麗之飾，當是妙處不傳。

注釋：

①月旦：品評人物。《後漢書．許劭傳》：「初，劭與靖俱有高名，好共覈論鄉黨人物，每月輒更其品題，故汝南俗有『月旦評』焉。」

譯文：

開口就是褒貶品評的話，我擔心精微的語言將消失；提筆就寫繁盛華麗的語句，恐怕真正妙處反不能傳達。

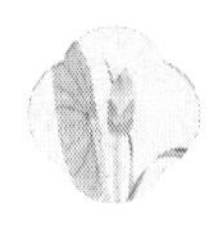

平生不作皺眉事，天下應無切齒人。

譯文：
平生不做讓人皺眉不喜的事，天下應無對我咬牙切齒的人。

吉人安祥，即夢寐神魂，無非和氣；
凶人狠戾，即聲音笑語，渾是殺機。

譯文：
善人心境安詳，即使夢中神魂，也都是和氣；惡人凶狠殘暴，即便聲音笑語，也全是殺心。

能脫俗便是奇，不合汙便是清。

譯文：
能擺脫俗氣就是奇，不同流合汙就是清。

處巧若拙，處明若晦，處動若靜。

譯文：

處世巧妙卻像是愚拙，處世明白卻像是糊塗，處世靈動卻像是沉靜。

真放肆不在飲酒高歌，
假矜持偏於大庭賣弄。
看明世事透，自然不重功名；
認得當下真，是以常尋樂地。

譯文：

真放達不在於飲酒高歌，假矜持倒總是在大庭廣眾賣弄。世事看得透澈，自然不重視功名；當下認識得真切，所以總尋找快樂之地。

富貴功名，榮枯得喪，人間驚見白頭；
風花雪月，詩酒琴書，世外喜逢青眼①。

注釋：

① 青眼：指對人喜愛或器重。與「白眼」相對。《晉書·阮籍傳》：「籍又能為青白眼，見禮俗之士，以白眼對之。」阮籍，字嗣宗，三國時期魏國詩人。

譯文：富貴功名，盛衰得失，在人間驚心見到自己白頭；風花雪月，詩酒琴書，在世外欣喜遭逢高人青眼。

涉江湖者，然後知波濤之洶湧；
登山岳者，然後知蹊徑之崎嶇。

譯文：渡江湖才知道波濤洶湧，登高山才知道路徑崎嶇。

人生待足何時足？未老得閒始是閒。

譯文：人生總想等到足夠，什麼時候才是足夠？還未老去便得悠閒，才是真的得了悠閒。

舊無陶令酒巾①，新撇張顛②書草，
何妨與世昏昏，只問吾心了了。

注釋：

①陶令酒巾：《宋書·隱逸傳·陶潛》：「郡將候潛，值其酒熟，取頭上葛巾漉酒，畢，還復著之。」

②張顛：唐代書法家張旭，善草書。《舊唐書·文苑中》載：「旭善草書，而好酒，每醉後號呼狂走，索筆揮灑，變化無窮，若有神助，時人號為張顛。」

譯文：

過去就沒有陶淵明漉酒的頭巾，最近又放下了張旭的草書，唉，何妨在世上隨波逐流，只要我內心清醒明瞭。

雲煙影裡見真身，始悟形骸為桎梏；
禽鳥聲中聞自性，方知情識是戈矛。

譯文：

雲煙影裡，看見真正的自我，這才領悟形體是拘人的枷鎖；禽鳥聲中，聽出不滅的本性，這才知道情欲是傷身的利器。

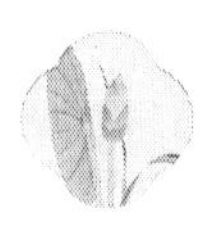

事理因人言而悟者，
有悟還有迷，總不如自悟之了了；
意興從外境而得者，
有得還有失，總不如自得之休休。

譯文：

事物道理因為別人的話才領悟的，悟了也還會迷失，總不如自己領悟清楚明白；意趣興致從外部境界才獲得的，得到也還會失去，總不如得自內心的悠閒安樂。

定雲止水中，有鳶飛魚躍的景象；
風狂雨驟處，有波恬浪靜的風光。

譯文：

不動的雲倒映水中，卻有鳶飛魚躍，生動活潑的景象；狂風大作暴雨傾盆，卻有波平浪靜，無風無雨的風光。

人生有書可讀，有暇得讀，有資能讀，
又涵養之如不識字人，是謂善讀書者。

享世間清福，未有過於此也。

譯文：人生有書可以讀，有閒暇得讀，有資質能讀，又能有涵養像不識字的人一樣，這就可以說是善於讀書的人了。享受世間的清閒福氣，沒有能超過讀書的。

博覽廣識見，寡交少是非。

譯文：廣泛閱覽可以增長見識，減少交往可以避開是非。

攻玉於石，石盡而玉出；
淘金於沙，沙盡而金露。

譯文：玉石上敲琢，石頭琢盡美玉才會出現；沙土中淘金，沙土淘盡金子才會顯露。

乍交不可傾倒，傾倒則交不終；
久與不可隱匿，隱匿則心必嶮①。

📖 **注釋：**

①嶮：同「險」。

📖 **譯文：**

初結交時不可毫無保留，毫無保留交情不會長久；長時交往不能有所隱藏，有所隱藏內心必然險惡。

撥開世上塵氣，胸中自無火炎冰兢[①]；消卻心中鄙吝，眼前時有月到風來。

📖 **注釋：**

①冰兢：《詩經·小雅·小宛》：「戰戰兢兢，如履薄冰。」後用「冰兢」表示恐懼、謹慎。

📖 **譯文：**

撥開世上的迷霧，胸中自然無煎熬恐懼；消除心中的貪吝，眼前不時有月色清風。

才舒放即當收斂，才言語便思簡默。

📖 **譯文：**

才伸展就應當收斂不發，剛說話就想著簡靜沉默。

身要嚴重，意要閒定；色要溫雅，氣要和平；語要簡徐，心要光明；量要闊大，志要果毅；機要縝密，事要妥當。

譯文：舉手投足要嚴肅穩重，心意要安閒鎮定；臉色要溫良文雅，氣度要謙和平易；言語要簡明舒緩，心胸要正大光明；度量要開闊大氣，志氣要果敢勇毅；機謀要細膩周密，做事要穩定妥當。

徑路窄處，留一步與人行；滋味濃時，減三分讓人嗜。此是涉世一極安樂法。

譯文：道路窄處，留一步讓人行走；滋味濃時，減三分讓人享用。這是歷經世事極為安樂的一種方法。

卷二 情

語云，當為情死，不當為情怨。明乎情者，原可死而不可怨者也。雖然，既云情矣，此身已為情有，又何忍死耶？然不死終不透徹耳。韓翃之柳①，崔護之花②，漢宮之流葉③，蜀女之飄梧④，令後世有情之人咨嗟想慕，托之語言，寄之歌詠；而奴無昆侖⑤，客無黃衫⑥，知己無押衙⑦，同志無虞候⑧，則雖盟在海棠，終是陌路蕭郎耳⑨。集情第二。

注釋：

① 韓翃之柳：唐代許堯佐《柳氏傳》載：韓翃與柳氏相愛，因戰亂分離，韓作詞寄柳氏：「章臺柳，章臺柳，昔日青青今在否？縱使長條似舊垂，也應攀折他人手。」柳氏回覆：「楊柳枝，芳菲節，所恨年年贈離別。一葉隨風忽報秋，縱使君來豈堪折？」後柳氏被番將沙吒利劫走，虞候許俊從沙吒利家中將柳氏搶回，二人終得團聚。

② 崔護之花：唐代孟棨《本事詩》載：崔護舉進士下第，清明日獨遊都城南莊，遇一美貌女子。來年又往，見門戶緊鎖，於是題詩：「去年今日此門中，人面桃花相映紅。人面不知何處去，桃花依舊笑春風。」後二人終成眷屬。

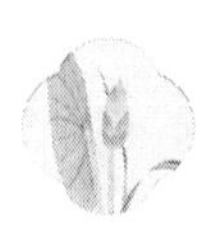

③漢宮之流葉：唐代范攄《雲溪友議》載：唐宣宗時，盧渥應舉時在御溝邊偶然見到宮中流出的紅葉，上有宮女寫的詩：「水流何太急，深宮盡日閒。殷勤謝紅葉，好去到人間。」後來宮中放出宮女，盧渥竟娶到了當初題詩的宮女。

④蜀女之飄梧：五代十國前蜀金利用《玉溪編事》載：侯繼圖一日在成都大慈寺樓，見到一片飄落的桐葉，上有詩：「拭翠斂雙娥，為鬱心中事。搦管下庭除，書就相思字。此字不書古，此字不書紙。書向秋葉上，願隨秋風起。天下有心人，盡解相思死。天下負心人，不識相思意。有心與負心，不知落何地。」侯後來與題詩者成婚。

⑤奴無崑崙：唐代裴鉶《崑崙奴》載：唐大曆年間，崔生愛上了一品大官家的一位歌妓，他的崑崙奴（古代豪門富家以南海國人為奴，稱「崑崙奴」）摩勒助他夜裡潛入大官府中與歌妓相會，又背出歌妓，成全了二人的愛情。

⑥客無黃衫：唐代蔣防《霍小玉傳》載：才女霍小玉與隴西才子李益相愛，定下盟約，後李益負約另娶，小玉相思憂鬱成病，俠士黃衫客強行將李益帶至小玉家，讓二人相聚，隨後小玉離世。

⑦知己無押衙：唐代薛調《無雙傳》載：王仙客愛上表妹無雙，因朝廷變亂，無雙被罰入宮中為奴。後在俠客古押衙的幫助下，以數條性命為代價，二人終於團聚。

⑧同志無虞候：即注①之許俊。

⑨陌路蕭郎：范攄《雲溪友議》載：崔郊與姑母家的婢女相愛，姑母將婢女賣給了一位將領。後來，二人想見，崔郊作了一首《贈去婢》：「公子王孫逐後塵，綠珠垂淚滴羅巾。侯門一入深似海，從此蕭郎是路人。」將領聽說後，把婢女還給了崔郊。蕭郎，《列仙傳》載：「蕭史者，秦穆公時人也。善吹簫，能致孔雀白鶴於庭。穆公有女，字弄玉，好之，公遂以女妻焉。日教弄玉作鳳鳴，居數年，吹似鳳聲，鳳凰來止其屋。公為作鳳臺，夫婦止其上，不下數年。一旦，皆隨鳳凰飛去。」後以「蕭郎」作為對心愛男子的通稱。

譯文：

有人說：應當為情而死，不應為情而怨。這是明白愛情本就是可以死但不可以怨的啊。雖然這樣說，已經有情了，這身體已經被情所擁有，又怎麼忍心死呢？然而不死終究不算愛得透澈！韓翃之柳，崔護之花，漢宮之紅葉，蜀女之梧桐葉，令後世有情人嘆息追慕，寄託在語言歌詠之中；而沒有摩勒一樣的奴僕，沒有黃衫客一樣的幫手，沒有古押衙一樣的知己，沒有許俊一樣的同道，即使以海棠為盟，也終究不過是陌路的情郎！

世無花月美人，不願生此世界。

譯文：

若沒有花月美人，我不願生在這個世界。

荳蔻①不消心上恨，丁香②空結雨中愁。

注釋：

①荳蔻：多年生草本植物。詩文中常用以比喻少女。唐代杜牧〈贈別〉詩：「娉娉裊裊十三餘，荳蔻梢頭二月初。」

②丁香：丁香是常綠喬木，果實由兩片形狀似雞舌的子葉抱合而成，猶如同心結，故古人常用來比喻情結。李璟〈洗溪沙〉：「青鳥不傳雲外信，丁香空結雨中愁。」

譯文：

荳蔻不能消除心上憾恨，丁香徒然結聚雨中哀愁。

黃葉無風自落，秋雲不雨長陰。
天若有情天亦老，搖搖幽恨難禁。
惆悵舊人如夢，覺來無處追尋。

譯文：

未起風，黃葉自行飄落；不下雨，秋雲總是陰沉；天若有情，天也會老；心神不定，深愁難止。最是惆悵，夢醒時分，舊人無處追尋。

桃葉題情，柳絲牽恨。
胡天胡帝①，登徒②於焉怡目；
為雲為雨，宋玉因而蕩心③。
輕泉刀④若土壤，居然翠袖之朱家⑤；
重然諾如丘山，不忝紅妝之季布⑥。

注釋：

①胡天胡帝：《詩經．鄘風．君子偕老》：「胡然而天也，胡然而帝也。」形容衛夫人宣姜服飾容貌如同天仙。

②登徒：姓登徒的男子。楚國宋玉《登徒子好色賦》：「其妻蓬頭攣耳，齞脣歷齒，旁行踽僂，又疥且痔，登徒子悅之，使有五子。」後世稱好色之徒為「登徒子」。

③為雲二句：用巫山神女事，宋玉〈高唐賦〉序：「昔者先王嘗遊高唐，怠而晝寢。夢見一婦人，曰：『妾巫山之女也，為高唐之客。聞君遊高唐，願薦枕蓆。』王因幸之。去而辭曰：『妾在巫山之陽，高丘之阻，旦為朝雲，暮為行雨，朝朝暮暮，陽臺之下。』」後「巫山雲雨」就成了男女幽會的典故。

④泉刀：泉與刀都是古代錢幣。因以「泉刀」泛稱錢幣。

⑤朱家：秦末漢初豪俠。
⑥季布：秦末漢初人，十分重信諾。

譯文：

桃葉題寫情詩，柳絲牽纏愁恨。天仙帝女般風姿，登徒子為之傾倒；翻雲覆雨的風流，宋玉也因而心動。視錢財如塵土，儼然是翠袖朱家；重信諾如高山，不愧為紅妝季布。

珠簾蔽月，翻窺窈窕之花；
綺幔藏雲，恐礙扶疏之柳。

譯文：

珠簾遮月，反可窺賞窈窕之花；華帳藏雲，恐也妨礙了繁茂之柳。

幽堂晝深，清風忽來好伴；
虛窗夜朗，明月不減故人。

譯文：

清幽堂屋，白晝漫長，清風忽來作伴；窗外虛靜，夜空清朗，明月恰如故人。

多恨賦花，風瓣亂侵筆墨；
含情問柳，雨絲牽惹衣裾。

譯文：
抱憾恨詠花，風吹動花瓣，侵擾了筆墨；含深情問柳，雨絲來牽連，招惹了衣裾。

臨風弄笛，欄杆上桂影一輪；
掃雪烹茶，籬落邊梅花數點。

譯文：
臨風吹笛，欄杆上一輪明月；掃雪烹茶，籬笆邊幾點梅花。

燕市之醉泣①，楚帳之悲歌②，
歧路之涕零③，窮途之慟哭④。
每一退念及此，雖在千載以後，
亦感慨而興嗟。

注釋：

①燕市之醉泣：指荊軻在燕國市集事，《史記．刺客列傳》：在刺殺秦王前，「荊軻既至燕，愛燕之狗屠及善擊筑者高漸離。荊軻嗜酒，日與狗屠及高漸離飲於燕市，酒酣以往，高漸離擊筑，荊軻和而歌於市中，相樂也，已而相泣，旁若無人者。」

②楚帳之悲歌：項羽垓下被圍，陷入絕境，作詩云：「力拔山兮氣蓋世，時不利兮騅不逝。騅不逝兮可奈何！虞兮虞兮奈若何！」

③歧路之涕零：《淮南子．說林訓》：「楊子見歧路而哭之，為其可以南，可以北。」

④窮途之慟哭：《晉書．阮籍傳》：「時率意獨駕，不由徑路，車跡所窮，輒慟哭而反。」

譯文：

荊軻在燕國市上的醉後哭泣，項羽在楚軍帳中的末路悲歌，楊子在岔路口的徬徨落淚，阮籍在無路可走時的放聲大哭，每一次想到這些，即使相隔千載，也會感慨興嘆。

陌上繁華，兩岸春風輕柳絮；
閨中寂寞，一窗夜雨瘦梨花。
芳草歸遲，青驄別易，多情成戀，薄命何嗟？
要亦人各有心，非關女德善怨。

譯文：

外面的世界如此繁華，兩岸的春風吹動柳絮飄飛；閨中的生活這般寂寞，窗外的夜雨打瘦了清素的梨花。芳草路上，他遲遲未歸，當初騎著青驄馬告別倒是容易！多情便會留戀，福薄何必嘆息？總是人都有一顆易感的心，並不是女子善於抱怨。

山水花月之際，看美人更覺多韻。
非美人借韻於山水花月也，
山水花月直借美人生韻耳。

譯文：

在山水花月之中，欣賞美人覺得有更多風韻。不是美人借山水花月生韻，反而是山水花月把美人襯托得更有韻味了。

初彈如珠後如縷，一聲兩聲落花雨。
訴盡平生雲水心，盡是春花秋月語。①

注釋：

① 本條摘自宋代白玉蟾《樂府·琵琶行》。

譯文：

剛彈奏時像珍珠落入玉盤，其後聲音微弱，一聲兩聲彷彿花雨飄落。這樂曲訴說盡生平如雲水般心事，細聽來竟全是春花秋月的情語。

蘋風未冷催鴛別，沉檀合子留雙結。
千縷愁絲只數圍[1]，一片香痕才半節。

注釋：

①圍：兩手拇指和食指合攏的長度。

譯文：

掠過蘋草的微風不算冷，卻在催促鴛鴦分別，沉香檀木盒子中，還留著同心結。千縷愁絲纏繞，我的腰瘦到只幾圍，香只才燃去半截，時光竟是如此緩慢。

薄霧幾層推月出，好山無數渡江來；
輪將秋動蟲先覺，換得更深鳥越催。

譯文：

幾層薄霧，推出了月亮，無數的好山似乎渡江來到我眼前；歲月的車輪即將帶來秋天，蟲兒們最先察覺了。夜越來越深，有鳥啼鳴，彷彿催促這夜快快過去。

花飛簾外憑箋訊，雨到窗前滴夢寒。

譯文：花在簾外飛舞，不知是哪裡傳來的音訊；雨在窗前飄落，滴入夢中，讓人覺得有些寒涼。

縱教弄酒春衫涴[1]，別有風流上眼波。

注釋：①涴：汙，弄髒。

譯文：縱然是醉後撒野弄汙了春衫，也別有一種風流姿態逸生出眼波。

燈結細花成穗落[1]，淚題愁字帶痕紅。

注釋：①燈結句：燈花，指燈芯餘燼結成的花狀物。俗以燈花為吉兆。

譯文：燈芯結成細細的花穗落下，這吉兆卻讓我憂愁，親筆題寫下纏綿的情字，紅箋上留下了淡淡的淚痕。

無端飲卻相思水，不信相思想殺人。

譯文：無緣無故飲下相思之水，不相信相思能夠讓人死去活來。

漁舟唱晚，響窮彭蠡[1]之濱；
雁陣驚寒，聲斷衡陽[2]之浦。

注釋：

①彭蠡：即今之鄱陽湖。

②衡陽：衡山南面，其地有回雁峰，舊說大雁到此，不再南飛。

譯文：晚歸的漁人在船上唱著歌，歌聲響遍了彭蠡的湖濱；結隊的大雁在寒氣中飛翔，牠們的啼叫一直傳到衡陽的水邊。

杏子輕紗初脫暖，梨花深院自多風。

譯文：

杏色單衣剛剛脫掉，天氣轉暖。深深院落梨花開放，總見風來。

卷三　峭

今天下皆婦人矣。封疆縮其地，而中庭之歌舞猶喧；戰血枯其人，而滿座之貂蟬①自若。我輩書生，既無誅賊討亂之柄，而一片報國之忱，惟於寸楮②尺字間見之。使天下之鬚眉而婦人者，亦聳然有起色。集峭③第三。

注釋：

①貂蟬：貂尾和附蟬，古代為侍中、常侍等貴近之臣的冠飾。代指達官顯貴。

②楮：楮樹皮是製造桑皮紙和宣紙的原料，所以楮是紙的代稱。

③峭：奇險、挺秀，含有奮發之意。

譯文：

如今天下人都是婦人！國家疆土縮減，廳堂上歌舞依然喧鬧非常；士兵們在戰場流乾了血，滿座的顯貴仍然談笑自若。我們這些書生，既然沒有誅滅賊人平定叛亂的權柄，一片報國的熱忱，只能在字裡行間表現。要讓天下脂粉氣太重的男子，能夠驚起振作！

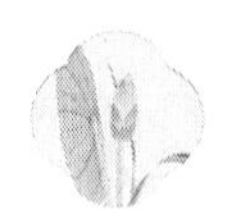

忠孝吾家之寶，經[1]史吾家之田。

注釋：

①經：儒家經典。

譯文：

忠誠孝道是我家的珍寶，經典史籍是我家的良田。

吟詩劣於講學，罵座惡於足恭。兩而揆之，寧為薄行狂夫，不作厚顏君子。

譯文：

吟詠詩歌不如講論學問，縱酒罵人醜於過分謙恭。兩相考量，寧願做輕薄無行的狂人，也不做厚顏無恥的君子。

觀人題壁，便識文章。

譯文：

看一個人題寫在牆上的詩文，就能辨識出他文章水準的高下。

竹外窺鶯，樹外窺水，峰外窺雲，
難道我有意無意；
鶴來窺人，月來窺酒，雪來窺書，
卻看他有情無情。

譯文：竹林外觀鶯，樹林外觀水，山峰外觀雲，難說我是有意或是無意；白鶴來窺人，明月來窺酒，飛雪來窺書，倒要看他有情還是無情。

煩惱場空，身住清涼世界；
營求念絕，心歸自在乾坤。

譯文：掃空煩惱之場，可住入清靜世界；斷絕貪求之念，心歸向自在天地。

名衲談禪，必執經升座，便減三分禪理。

譯文：有名的僧人談說禪理，一定要手持經書登上座位，這反而減少了三分禪理。

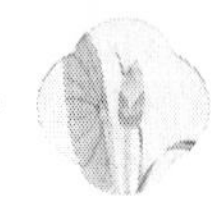

士人有百折不回之真心，
才有萬變不窮之妙用。

譯文：
知識分子有百折不回的真心，才會有無窮無盡的智慧。

伺察以為明者，常因明而生暗，
故君子以恬養智；
奮迅以求速者，多因速而致遲，
故君子以重持輕。

譯文：
暗中觀察自以為明白的人，常常會因為這「明白」反生闇昧，因此君子要以恬淡之心培養智慧；行動迅疾以求快速實現目標的人，多會因求快而導致遲慢，所以君子憑藉厚重來控制輕浮。

待人而留有餘不盡之恩，
可以維繫無厭之人心；

御事而留有餘不盡之智，
可以提防不測之事變。

譯文：對人留一些恩惠，可以維繫不遭厭煩的人心；處事留一些智慧，可以提防難以預測的變故。

無事如有事時提防，可以弭意外之變；
有事如無事時鎮定，可以銷局中之危。

譯文：無事像有事的時候一樣提防，可以消彌意外的變數；有事像無事的時候一樣鎮定，可以消除局中的危機。

秋風閉戶，夜雨挑燈，臥讀《離騷》淚下；
霽日尋芳，春宵載酒，閒歌樂府神怡。

譯文：秋風中關上門，夜雨中撥動燈火，臥讀《離騷》，不覺潸然落淚；晴天尋幽探景，春夜裡

悠閒飲酒，吟唱樂府，真是心曠神怡。

要做男子，須負剛腸；
欲學古人，當堅苦志。

譯文：
要做真正男子，必須有剛直氣質；要學古代人物，一定要鍾鍊心志。

秋露如珠，秋月如珪①；
明月白露，光陰往來；
與子之別，思心徘徊。

注釋：
①珪：玉器。

譯文：
秋天露水晶瑩如珠，秋月明朗潔如玉珪；明月白露之中，光陰依舊流動；與你分別的愁緒，總在心中徘徊不去。

聲應氣求之夫，決不在於尋行數墨[1]之士；
風行水上之文，決不在於一字一句之奇。

注釋：

① 尋行數墨：專在辭句上下功夫。

譯文：

志趣相投的同道，絕不是那些只會糾纏辭句的人；流暢自然的文章，絕不在於一字一句刻意求奇。

借他人之酒杯，澆自己之塊壘。

譯文：

借用他人的酒杯，來澆散自己心中鬱結的愁憤。

雨送添硯之水，竹供掃榻之風。

譯文：

雨送來添進硯臺的水，竹供給清掃床榻的風。

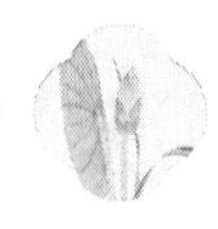

是技皆可成名天下，唯無技之人最苦；片技即足自立天下，唯多技之人最勞。

譯文：

凡有一技之長都可以成名天下，只有缺少任何技藝的人最為辛苦；只要一點技藝就足夠自立天下，只有那些多才多技的人最為勞累。

傲骨、俠骨、媚骨，即枯骨可致千金①；冷語、雋語②、韻語，即片語亦重九鼎③。

注釋：

①枯骨句：《戰國策．燕策》：昔日燕昭王向郭隗請教招攬人才的方法，郭隗說：「臣聞古之君人，有以千金求千里馬者，三年不能得。涓人言於君曰：『請求之。』君遣之。三月得千里馬，馬已死，買其首五百金，反以報君。君大怒曰：『所求者生馬，安事死馬而捐五百金？』涓人對曰：『死馬且買之五百金，況生馬乎？天下必以王為能市馬，馬今至矣。』於是不能期年，千里之馬至者三。」這就是「千金市骨」的故事。

②雋語：耐人尋味的言辭。

③片語亦重九鼎：一言九鼎，說話極有分量。

譯文：

傲骨、俠骨、媚骨，即使是枯骨都可以價值千金；冷語、雋語、韻語，即使片語也可能重比九鼎。

有作用者，器宇定是不凡；
有受用者，才情決然不露。

譯文：

有所作為的人，胸懷氣概一定不凡；有所享受的人，才能才華絕不外露。

松枝自是幽人筆[1]，竹葉常浮野客杯。

注釋：

①松枝句：唐代馮贄《雲仙雜記》卷一引《汗漫錄》：「司空圖陷於中條山，芟松枝為筆管，人問之，曰：『幽人筆正當如是。』」

譯文：

松枝自然可作幽人之筆，竹葉常常浮在隱者杯中。

卷四　靈

天下有一言之微，而千古如新，一字之義，而百世如見者，安可泯滅之？故風雷雨露，天之靈；山川民物，地之靈；語言文字，人之靈。畢三才[①]之用，無非一靈以神其間，而又何可泯滅之？集靈第四。

注釋：

①畢：偵伺，觀察。三才：天、地、人。

譯文：

天下有一句話足夠精微而千古常新，一個字很有意義而百代可見的情形，怎能泯滅？所以，風雷雨露是天的靈氣，山川民物是地的靈氣，語言文字是人的靈氣。觀察天、地、人的執行變化，無不是有一種靈氣在其間發揮著神奇的效用，又怎能泯滅？

事遇快意處當轉，言遇快意處當住。

譯文：事情到了快意的處境就應當轉移方向，話說到快意的地步就應當停止。

志要高華，趣要淡泊。

譯文：志氣要高遠出眾，意趣要清淡平和。

眼裡無點灰塵，方可讀書千卷；
胸中沒些渣滓，才能處世一番。

譯文：眼裡沒有一點灰塵，才能品讀千卷書籍；胸中沒有些微雜質，才能經歷一回世事。

眉上幾分愁，且去觀棋酌酒；
心中多少樂，只來種竹澆花。

譯文：
眉頭上有幾分哀愁，暫且去觀棋飲酒；心中有許多歡樂，也只來種竹澆花。

好香用以燻德，好紙用以垂世，好筆用以生花，
好墨用以煥彩，好茶用以滌煩，好酒用以消憂。

譯文：
好香用來薰陶品德，好紙用來作書傳世，好筆用來施展高才，好墨用來煥發華彩，好茶用來滌除煩悶，好酒用來消解憂愁。

竹籬茅舍，石屋花軒，松柏群吟，藤蘿翳景；
流水繞戶，飛泉掛簷，煙霞欲棲，林壑將瞑。
中處野叟山翁四五，余以閒身作此中主人。
坐沉紅燭，看遍青山，消我情腸，任他冷眼。

譯文：
竹籬茅舍，石屋花廊，松柏在風中吟嘯，藤蘿遮蔽了日光；流水繞戶而過，飛泉掛在簷上，煙霞將要消散，山林澗谷暮色四合。有山村老翁四五人在，我這閒人作此間主人。一起

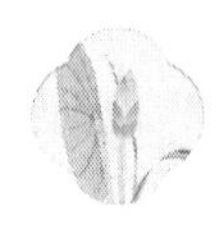

坐到紅燭燃盡，看遍了青山，消磨了心情，哪管別人冷眼相看。

唯儉可以助廉，唯恕[1]可以成德。

注釋：

① 恕：推己及人；仁愛待物。《論語．衛靈公》：「子貢問曰：『有一言而可以終身行之者乎？』子曰：『其恕乎！己所不欲，勿施於人。』」

譯文：

只有節儉可以助長清廉，只有仁恕可以成就仁德。

「不是一番寒徹骨，怎得梅花撲鼻香。」[1]念頭稍緩時，便宜莊誦一遍。

注釋：

① 這兩句詩出自黃蘗禪師〈上堂開示頌〉：「塵勞迥脫事非常，緊把繩頭做一場。不經一番寒徹骨，怎得梅花撲鼻香。」

譯文：「不是一番寒徹骨，怎得梅花撲鼻香。」心中略有鬆懈，就應當把這句話莊重唸誦一遍。

夢以昨日為前身，可以今夕為來世。

譯文：在夢境中把昨日的我當作了前身，那今天晚間的事情也可以視作來世了。

上高山，入深林，窮回溪，
幽泉怪石，無遠不到；
到則拂草而坐，傾壺而醉，
醉則更相枕藉以臥，
意亦甚適，夢亦同趣。

譯文：登上高山，進入深林，走盡曲折的溪谷，幽深的泉水，奇怪的石頭，沒有不到的；到了之後，分開草叢坐下，喝光攜帶的酒，醉後相互枕著入睡，心意很閒適，夢中趣味也相同。

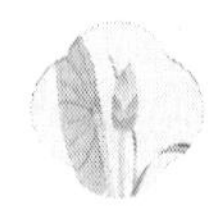

閑門閱佛書，開門接佳客，出門尋山水，
此人生三樂。

譯文：
關門讀佛經，開門迎好客，出門尋山水，此為人生三樂。

秋月當天，纖雲都淨，
露坐空闊去處，清光冷浸，
此身如在水晶宮裡，令人心膽澄徹。

譯文：
秋月當空，纖雲不見，露天坐在空闊所在，清麗月光冷浸全身，彷彿置身於龍王水晶宮中，讓人身心澄透。

遺子黃金滿籯①，不如教子一經。

注釋：
① 籯：箱籠等盛放東西的器具。

📖 **譯文：**留給子孫滿箱的黃金，不如教子孫懂一種儒家經典。

竹風一陣，飄颺茶竈疏煙；
梅月半灣，掩映書窗殘雪。

📖 **譯文：**竹林間三分鐘熱風吹過，茶竈上稀疏炊煙飄揚消散。月照在半灣梅花上，與書窗外殘雪相得益彰。

雪後尋梅，霜前訪菊，雨際護蘭，風外聽竹，
固野客之閒情，實文人之深趣。

📖 **譯文：**雪後尋梅，霜前訪菊，雨天護蘭，風外聽竹，本就是隱者的閒情，實含有文人的深趣。

人有一字不識，而多詩意；
一偈[1]不參，而多禪意；

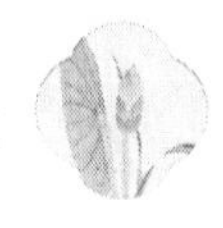

一勺不濡，而多酒意；

一石不曉，而多畫意。

淡宕故也。

注釋：

①偈：即佛經中的唱頌詞，通常四句為一偈。

譯文：

有的人一字不識，卻有不盡詩意；一道偈語不參悟，卻有許多禪意；一勺酒不沾，卻有許多酒意；一塊奇石不懂欣賞，卻有許多畫意。說到底，是因為這樣的人散淡悠閒。

必出世者，方能入世，不則世緣易墮；

必入世者，方能出世，不則空趣難持。

譯文：

一定要有出世的態度才能積極入世，否則容易陷入俗世無法自拔；一定要經歷過世事才能出世，否則難以持守空無之意趣。

「人有不及，可以情恕；
非義相干，可以理遣。」①
佩此兩言，足以遊世。

注釋：

① 人有四句：語出《晉書·衛玠傳》。

譯文：

「別人有做不到的，應當憑人情寬恕；不是故意冒犯，可以按情理處置。」謹記這兩句話，足夠優遊於世了。

萬事皆易滿足，唯讀書終身無盡。
人何不以不知足一念加之書。
又云：讀書如服藥，藥多力自行。

譯文：

萬事都容易滿足，只有讀書終身沒有盡頭。人為什麼不把不知足的念頭加在讀書上呢？
又說：「讀書就像服藥，藥多了藥力自然生效。」

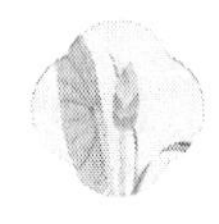

醉後輒作草書十數行，
便覺酒氣拂拂從十指出也。

譯文：
醉後寫十幾行草書，就覺得酒氣散發，從十指間透出。

空山聽雨，是人生如意事。
聽雨必於空山破寺中，寒雨圍爐，
可以燒敗葉，烹鮮筍。

譯文：
空山聽雨，是人生中如意之事。聽雨一定要在空山破寺，寒雨中圍爐靜聽，可以燒枯葉、煮鮮筍。

閉門即是深山，讀書隨處淨土①。

注釋：
① 淨土：佛教語。佛所居住的無塵世汙染的清淨世界。一名佛土。

譯文：

關上門就像住進深山，讀書時就像身處淨土。

欲見聖人氣象，

須於自己胸中潔淨時觀之。

譯文：

想要看見聖人的氣度格局，要在自己胸中潔淨的時候觀審。

讀書不獨變氣質，且能養精神，

蓋理義收攝故也。

譯文：

讀書不僅能改變氣質，還能涵養精神，這是因為道德理義會收束人的心神。

雨過生涼，境閒情適，

鄰家笛韻，與晴雲斷雨逐聽之，

聲聲入肺腸。

譯文：

雨過天涼，心境悠閒，心情順適，鄰家吹笛，與時晴之雲、斷續之雨合聽，只覺一聲聲都吹入了肺腸。

對棋不若觀棋，觀棋不若彈瑟，
彈瑟不若聽琴。
古云：「但識琴中趣，何勞弦上音。①」
斯言信然。

注釋：

①但識二句：《晉書．陶潛傳》：「（陶潛）性不解音，而畜素琴一張，弦徽不具，每朋酒之會，則撫而和之，曰：『但識琴中趣，何勞弦上聲！』」

譯文：

親自對弈不如在旁觀棋，觀棋不如親自彈瑟，彈瑟不如聽人彈琴。古人說：「只要懂得琴中趣味，何必一定要琴絃發出聲音？」此話確實對。

君子雖不過信人，君子斷不過疑人。

譯文：君子雖然不過分信任別人，但絕不會過分懷疑別人。

看書只要理路通透，不可拘泥舊說，更不可附會新說。

譯文：看書只要思路通透，不能拘泥於過去的學說，更不能隨意附和新的觀點。

作詩能把眼前光景，胸中情趣，一筆寫出，便是作手，不必說唐說宋。

譯文：作詩能把眼前情景與胸中情趣一筆寫出，就是能手，不必說什麼唐人如何宋人如何。

讀理義①書，學法帖字；

澄心靜坐，益友清談；

小酌半醺，澆花種竹；

聽琴玩鶴，焚香煮茶；
泛舟觀山，寓意弈棋。
雖有他樂，吾不易矣。

注釋：

①理義：指符合儒家思想的道理。

譯文：

讀講正理的書，學名家的範字，澄心靜坐，良友清談，小酌半醉，澆花種竹，聽琴玩鶴，焚香煮茶，泛舟觀山，寄意棋局——即使有別的快樂，我也不換。

天下可愛的人，都是可憐人；
天下可惡的人，都是可惜人。

譯文：

天下可愛的人，都是可憐人；天下可惡的人，都是可惜人。

讀書到快目處，起一切沉淪之色；
說話到洞心處，破一切曖昧之私。

譯文：

讀書讀到讓人眼神明快之處，能讓沉淪的心神為之振作；說話說到洞徹心扉之處，能夠破除心中不明不淨的私情。

諧臣媚子，極天下聰穎之人；
秉正嫉邪，作世間忠直之氣。

譯文：

帝王的樂工與近臣，都是天下最聰明的人，若能秉持正義憎恨邪惡，便能成為忠直的化身。

攤燭作畫，正如隔簾看月，
隔水看花，意在遠近之間，
亦文章法也。

譯文：

擺上燈燭作畫，正像隔簾看月，隔水看花，畫意在若遠若近之間——這也是作文章的方法。

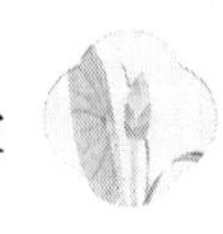

藏錦於心，藏繡於口，
藏珠玉於咳唾[①]，藏珍奇於筆墨。
得時則藏於冊府[②]，不得時則藏於名山[③]。

注釋：

①藏珠句：《莊子．秋水》：「子不見夫唾者乎？噴則大者如珠，小者如霧。」後「咳唾成珠」用來比喻言語不凡或詩文優美。

②冊府：帝王冊書的存放處。也指文壇、翰苑。

③名山：可以傳之不朽的藏書之所。

譯文：

心口要藏錦繡文章，咳嗽唾液要藏不凡言語，筆墨之中要藏奇珍異寶。得志就藏在文壇，失意就深藏名山。

讀一篇軒快之書，宛見山青水白；
聽幾句伶俐之語，如看嶽立川行。

譯文：

讀一篇暢快文章，如見山青水白；聽幾句透澈的話，似看山立水奔。

讀書如竹外溪流，灑然而往；
詠詩如蘋末風起[1]，勃焉而揚。

注釋：

① 蘋末風起：宋玉〈風賦〉：「夫風生於地，起於青蘋之末。」青蘋，一種生於淺水中的草本植物。

譯文：

讀書如溪水繞竹林之外，瀟灑自在流淌；詠詩如風起於青蘋之末，特別勃興飛揚。

古人特愛松風，庭院皆植松，
每聞其響，欣然往其下，
曰：「此可浣盡十年塵胃。」

譯文：

古人特別喜愛松風，庭院裡都種植松樹，每每聽到風過松響，就欣然站在松樹下，說：「這聲音可洗盡十年塵俗之心。」

夜者日之餘，雨者月之餘，冬者歲之餘。當此三餘，人事稍疏，正可一意問學。①

注釋：

① 三餘：《三國志．魏志．王肅傳》「明帝時大司農弘農、董遇等，亦歷注經傳，頗傳於世」，裴松之注引三國魏．魚豢《魏略》：「遇言：『（讀書）當以三餘。』或問三餘之意。遇言『冬者歲之餘，夜者日之餘，陰雨者時之餘也』。」後用「三餘」泛指空閒時間。

譯文：

夜晚是白天的餘暇，雨天是一月的餘暇，冬天是一年的餘暇。有這三種餘暇，人事稍有空閒，正可以一心求學。

樹影橫床，詩思平凌枕上；
雲華滿紙，字意隱躍行間。

譯文：

樹影橫投在床，詩思彷彿浮出於夢枕之上；文詞鋪滿紙張，意趣隱隱跳躍在字裡行間。

耳目寬則天地窄，爭務短則日月長。

譯文：

見識多了便覺則天地狹窄，爭奪之事少則歲月悠長。

事有急之不白者，寬之或自明，
毋躁急以速其忿；
人有操之不從者，縱之或自化，
毋操切以益其頑。

譯文：

有急切無法辯白的事情，如果寬緩一段時日或許自然明白，不必急躁以加速他的憤怒；有你要操控他卻不聽從的人，放開他或許他自己會想通，不要著急去增長他的頑固。

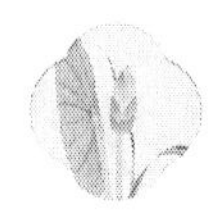

士君子貧不能濟物者，
遇人痴迷處，出一言提醒之；
遇人急難處，出一言解救之，
亦是無量功德。

📖 譯文：
君子雖然貧窮不能助人，卻可以在別人遇到迷惑時，說一句話去提醒他；遇到別人急難時，說一句話去解救他，這也是功德無量。

處父兄骨肉之變，宜從容，不宜激烈；
遇朋友交遊之失，宜剴切，不宜優遊。

📖 譯文：
遭遇家庭重大的變故，應從容應對，不應激烈；遇上朋友交遊有過失，應懇切勸告，不應瀟灑不管。

意摹古，先存古，未敢反古；
心持世，外厭世，未能離世。

譯文：想效仿古人，先尊重古人，不敢反對古人；內心維持世道，外表厭棄世道，未能完全離開世道。

類君子之有道，入暗室而不欺；同至人之無跡，懷明義以應時。①

注釋：

①本條採自唐代駱賓王〈螢火賦〉。

譯文：螢火似君子持守正道，身處暗室也不自欺，像至人一樣無影無跡，懷著賢明大義順應天時。

一翻一覆兮如掌，一死一生兮如輪。

譯文：世道一翻一覆啊如手掌，人間一死一生啊如車輪。

卷五　素

袁石公[1]云：「長安風雪夜，古廟冷鋪[2]中，乞兒丐僧，齁齁[3]如雷吼；而白髭老貴人，擁錦下帷，求一合眼不得。」嗚呼！松間明月，檻外青山，未嘗拒人，而人人自拒者何哉？集素[4]第五。

注釋：

①袁石公：明代文學家袁宏道，字中郎，號石公。

②冷鋪：乞兒住所。

③齁齁：熟睡時的鼻息聲。

④素：白色，質樸。

譯文：

袁宏道先生說：「長安風雪之夜，古廟冷鋪之中，乞兒丐僧，鼾聲如雷響；而白鬍子富貴老人，擁著錦被放下帷帳，想合一下眼都不行。」啊！松林間明月，欄杆外青山，未曾拒絕別人，而人們自己反倒拒絕它們，這是為什麼？

披卷有餘閒，留客坐殘良夜月；
褰帷無別務，呼童耕破遠山雲。

譯文：讀書有了一些閒暇，留客人一直坐到良宵月落；撩起帷帳沒有事務，叫上童子去山裡耕種白雲。

琴觴自對，鹿豕為群，
任彼世態之炎涼，從他人情之反覆。

譯文：與古琴酒觴相對，與野鹿野豬為伍，任它世態炎涼，不管人情反覆。

帶雨有時種竹，關門無事鋤花；
拈筆閒刪舊句，汲泉幾試新茶。

譯文：雨天有時種種竹，閉門無事鋤鋤花；閒來隨筆改一番以前的文句，泉水新汲試幾回新採的清茶。

余嘗淨一室，置一几，
陳幾種快意書，放一本舊法帖；
古鼎焚香，素麈[1]揮塵，意思小倦，暫休竹榻。
餉時而起，則啜苦茗，信手寫《漢書》幾行，
隨意觀古畫數幅。
心目間，覺灑灑靈空，面上俗塵，
當亦撲去三寸。

注釋：

① 麈：麈尾，古人閒談時拿著用來驅蟲、揮塵的工具，是名流喜用的一種展示風雅的器物。

譯文：

我曾掃淨一處居室，放置一道几案，陳列幾種讓人快意的書，放一本舊字帖。古鼎焚香，白麈揮去塵土，偶覺小倦，暫且竹榻休歇。吃飯時起身，飯後喝幾口苦茶，隨手寫幾行《漢書》，隨意觀幾幅古畫。心中眼中，覺得蕭散空靈，臉上的俗塵，也應該撲去三寸了吧！

但看花開落，不言人是非。

譯文：

只看花開落，不言人是非。

白雲在天，明月在地。焚香煮茗，閱偈翻經。俗念都捐，塵心頓盡。

譯文：

白雲在天，明月在地。焚香煮茶，讀偈翻經。俗念都已拋卻，凡心頓時消盡。

三月茶筍[①]初肥，梅花未困；九月蓴鱸正美，秫[②]酒新香；勝友晴窗，出古人法書名畫，焚香評賞，無過此時。

注釋：

① 茶筍：茶芽。

② 秫：黏的粱米、粟米，多用來釀酒。

譯文：

三月茶芽剛剛長肥，梅花還未落盡；九月蓴菜、鱸魚正鮮美，家釀的酒新香；良友晴窗，擺出古人著名字畫，焚香品賞，沒有比此時更快樂的。

性不堪虛，天淵亦受鳶魚之擾[1]；

心能會境，風塵還結煙霞之娛。

注釋：

①天淵句：語出《詩經．大雅．旱麓》：「鳶飛戾天，魚躍於淵。」

譯文：

生性不能承受空虛，在高天或深淵也會受到鳶魚煩擾；心靈若能領會意境，紛擾現世中也能享有山水煙霞的歡娛。

終南當戶，雞峰如碧筍左簇[1]，

退食時秀色紛紛墮盤，山泉繞窗入廚，

孤枕夢迴，驚聞雨聲也。

注釋：

①雞峰句：雞峰山在陝西寶雞境內，其山多柱形峰。《寶雞縣志》記載：「雞峰插雲，縣境峰嶽之奇，唯雞山為最；天柱矗立，玉筍排空。」

譯文：

終南山正對著門戶，雞峰山像碧綠的筍子簇立在它左側，回屋用餐時秀麗景色紛紛落入盤中，山泉繞過窗戶進入廚房，孤枕上夢迴，卻被雨聲驚醒。

眉公[1]居山中，有客問山中何景最奇，

曰：「雨後露前，花朝雪夜。」

又問何事最奇，

曰：「釣因鶴守，果遣猿收。」

注釋：

①眉公：陳繼儒，參見譯者序。本條採自他的《巖棲幽事》。

譯文：

眉公隱居在山中，有客人問山中什麼景象最奇特，眉公回答：「雨後露前，花朝雪夜。」

又問什麼事最奇特，眉公回答：「釣竿讓鶴守，果子遣猿收。」

溪響松聲，清聽自遠；
竹冠蘭佩[①]，物色俱閒。

注釋：

①竹冠：竹皮冠，道士所戴。蘭佩：典雅佩飾。

譯文：

溪流響伴著松風聲，聽來頗覺清遠；戴竹冠用典雅佩飾，物與人都十分安閒。

鄙吝一銷，白雲亦可贈客；
渣滓盡化，明月自來照人。

譯文：

貪吝之心一旦消失，白雲也可贈客；心中雜念盡數化去，明月自來照人。

存心有意無意之間，微雲淡河漢；
應世不即不離之法，疏雨滴梧桐。[①]

注釋：

① 微雲淡河漢，疏雨滴梧桐：二句係孟浩然詩殘句。

譯文：

存心在有意無意之間，就如同微雲飄動讓銀河顯得朦朧；應對世事用不即不離之法，就像稀疏的雨滴在梧桐葉上那般清悠。

茶欲白，墨欲黑；茶欲重，墨欲輕；茶欲新，墨欲陳。

譯文：

茶要白，墨要黑；茶要重，墨要輕；茶要新，墨要陳。

夜寒坐小室中，擁爐閒話。渴則敲冰煮茗，飢則撥火煨芋①。

注釋：

① 芋：芋頭、馬鈴薯、甘薯等都可稱「芋」。

譯文：

夜寒，坐在小屋中，圍爐閒話。渴了就敲開冰雪來煮茶，餓了就撥開爐火煨芋。

翠竹碧梧，高僧對弈；
蒼苔紅葉，童子煎茶。

譯文：

翠竹碧梧中，高僧對弈；蒼苔紅葉間，童子煎茶。

燈下玩花，簾內看月，
雨後觀景，醉裡題詩，
夢中聞書聲，皆有別趣。

譯文：

燈下賞花，簾內望月，雨後觀景，醉裡題詩，夢中聽讀書聲，都別有一種趣味。

編茅為屋，疊石為階，何處風塵可到；
據梧而吟，烹茶而話，此中幽興偏長。

譯文：

編結茅草為屋，堆疊石頭做臺階，哪裡的風塵能到？靠著梧桐吟詠，烹著茶說閒話，這其中清幽興味最長。

世味濃，不求忙而忙自至；世味淡，不偷閒而閒自來。

譯文：

將世事人情看得重，不需求忙，忙自然會到；將世事人情看得淡，不用偷閒，閒自然會來。

以儉勝貧，貧忘；以施代侈，侈化；以省去累，累消；以逆煉心，心定。

譯文：

用節儉戰勝貧困，貧困也就忘了；用施捨代替奢侈，奢侈也就化解了；用省事代替勞累，勞累也就消失了；用逆境修練心神，心神也就安定了。

淨几明窗，一軸畫，一囊琴，一隻鶴，一甌茶，一爐香，一部法帖；小園幽徑，幾叢花，幾群鳥，幾區亭，幾拳石[1]，幾池水，幾片閒雲。

注釋：

① 拳石：拳石可指園林假山，此用「拳」字為量詞，兼用其義。

譯文：

淨几明窗，一軸畫，一張琴，一隻鶴，一甌清茶，一爐香，一部法帖；小園幽徑，幾叢花，幾群鳥，幾處亭，幾座假山，幾池水，幾片閒雲。

流年不復記，但見花開為春，花落為秋；
終歲無所營，唯知日出而作，日入而息。

譯文：

流年不再記得，只見花開為春，花落為秋；終年無所謀劃，只知日出而作，日落而息。

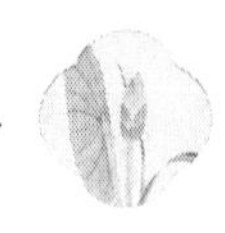

窗前落月，戶外垂蘿，石畔草根，橋頭樹影，可立可臥，可坐可吟。

譯文：

窗前的落月，戶外垂下的藤蘿，石畔雜亂的草根，橋頭斑駁的樹影，可站立也可臥眠，可坐觀也可吟詠。

清事不可著跡。若衣冠必求奇古，器用必求精良，飲食必求異巧，此乃清中之濁，吾以為清事之一蠹。

譯文：

清雅之事不能刻意。如果衣冠一定要求奇特古典，器物一定要求精美優良，飲食一定要求獨特精巧，這就是清雅中的凡濁，我以為是清雅之事中的一種弊端。

半窗一几，遠興閒思，天地何其寥闊也；清晨端起，亭午高眠，胸襟何其洗滌也。

譯文：

半道窗戶一張几案，生出高雅的興致與清閒的思緒，天地何其曠遠；清晨平穩起身，正午高枕安眠，胸懷多麼清淨！

書室中修行法：

心閒手懶，則觀法帖，以其可逐字放置也；

手閒心懶，則治迂事，以其可作可止也；

心手俱閒，則寫字作詩文，以其可以兼濟也；

心手俱懶，則坐睡，以其不強役於神也；

心不甚定，宜看詩及雜短故事，

以其易於見意不滯於久也；

心閒無事，宜看長篇文字，

或經注，或史傳，或古人文集，

此又甚宜於風雨之際及寒夜也。

又曰：

「手冗心閒則思，心冗手閒則臥，

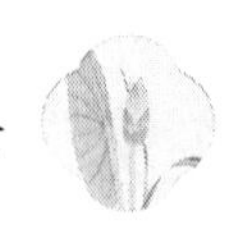

心手俱閒，則著作書字，

心手俱冗，則思早畢其事，以寧吾神。」

譯文：

書室中修行的方法：心閒手懶，就觀看古人的好字帖，因為可以一個字一個字參看；手閒心懶，就處理一些緩慢的事，因為可以做也可以停；心手都閒，可以寫字作詩文，因為可以兼顧；心手都懶，就坐著打盹，因為這樣可以不用強迫耗神；心不很安定，適宜看詩與雜短故事，因為它們表達意思明白不用花太久時間；心閒無事，可以看長篇文字，或是儒家經典，或是史籍，或是古人文集，這些又十分適宜在風雨之時以及寒夜閱讀。又說：「手忙心閒就思索，心忙手閒就躺臥，心手都閒就進行文章或書法創作，心手都忙就盡量早些完事，讓我的精神寧靜下來。」

片時清暢，即享片時；半景幽雅，即娛半景。

不必更起姑待之心。

譯文：

有片刻的清閒暢快，就享受片刻；有少許景色幽雅，就在這景色中娛樂。不必再起暫且等待的心思。

閒暇時，取古人快意文章，朗朗讀之，則心神超逸，鬚眉開張。

譯文：

閒暇時，取古人爽快文章，朗聲誦讀，就覺得心神超然遠逸，鬍鬚、眉毛都張揚起來。

閒居之趣，快活有五：

不與交接，免拜送之禮，一也；

終日可觀書鼓琴，二也；

睡起隨意，無有拘礙，三也；

不聞炎涼囂雜，四也；

能課子耕讀，五也。

譯文：

閒居的樂趣，有五種快活處：不與人交際，免去了拜見送別的禮節，此其一；終日可觀書彈琴，此其二；睡或起隨我心意，沒有拘束，此其三；不聽塵世人情冷暖喧鬧嘈雜之事，此其四；能督促孩子耕作讀書，此其五。

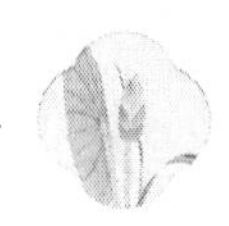

獨臥林泉，曠然自適，無利無營，少思寡欲，修身出世法也。

譯文：

獨臥山林泉石中，曠達安適，不爭利不營謀，少情思寡欲望，這是修身出世的方法。

入室許清風，對飲唯明月。

譯文：

入我室內，只許清風；相對飲酒，只有明月。

山房置一鐘，每於清晨良宵之下，用以節歌，令人朝夕清心，動念和平。李禿①謂：「有雜想，一擊遂忘；有愁思，一撞遂掃。」知音哉！

注釋：

① 李禿：指明朝思想家李贄，此處引的四句原出李贄《焚書》，有改動。

譯文：山中房舍設置一口鐘，每當清晨良宵，用來替歌聲打節拍，讓人早晚心境清明，心念和平。李禿說：「有雜念，一擊就忘；有愁思，一撞掃清。」他是知音人！

林泉之滸，風飄萬點，清露晨流，

新桐初引，蕭然無事，閒掃落花，

足散人懷。

譯文：林泉水邊，風吹飛萬點花絮，晨露晶瑩，清流作響，桐樹新枝生長，悠然無事，閒掃落花，足讓人心懷蕭散。

山房之磬，雖非綠玉，

沉明輕清之韻，盡可節清歌洗俗耳。

譯文：山舍中的磬，雖不是綠玉製作，但自有深沉、明朗、輕靈、清脆的聲韻，完全可以為清亮的歌聲打節拍，可以洗除耳中的俗塵。

山居之樂，頗愜冷趣，
煨落葉為紅爐，況負暄[1]於巖戶。
土鼓[2]催梅，荻灰暖地，
雖潛凜以蕭索，見素柯之凌歲。
同雲[3]不流，舞雪如醉，
野因曠而冷舒，山以靜而不晦。
枯魚在懸，濁酒已注，朋徒我從，寒盟可固，
不驚歲暮於天涯，即是挾纊[4]於孤嶼。

注釋：

① 負暄：冬天受日光曝晒取暖。

② 土鼓：古樂器。

③ 同雲：《詩經．小雅．信南山》：「上天同雲，雨雪雰雰。」朱熹集傳：「同雲，雲一色也。將雪之候如此。」後作為降雪的典故。

④ 挾纊：披著棉衣。也比喻受人撫慰而感到溫暖。《左傳．宣公十二年》：「申公巫臣曰：『師人多寒。』王巡三軍，拊而勉之，三軍之士皆如挾纊。」

譯文：

山居的快樂，最滿意的是寒冷的情趣，燒落葉作紅爐，又在山洞口曝晒取暖。敲擊土鼓催促梅花綻放，荻灰撒在地上也讓人稍覺溫暖。雖然感覺到了潛藏的嚴寒讓萬物蕭索，仍看到白雪覆蓋樹枝後一年終要到頭。同一色的雲聚集不動，在雪中起舞如痴如醉，鄉野因空曠而寒冷舒展，群山因鎮靜而終不晦暗。乾魚懸掛隨時可取，濁酒已滿只待舉杯，朋友相聚，寒天盟約正可加厚，不必驚訝遠在天涯度過年末時光，彼此的情分就如同孤島上相互給予的溫暖。

雨後捲簾看霽色，卻疑苔影上花來。[①]

注釋：

①此係詠綠牡丹之句。

譯文：

雨後捲起簾子看天晴景象，倒疑慮綠牡丹是青苔投影才成了這般樣子。

月夜焚香，古桐三弄[①]，便覺萬慮都忘，妄想盡絕。

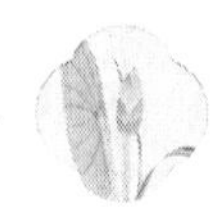

試看香是何味，煙是何色，
穿窗之白是何影，指下之餘是何音，
恬然樂之而悠然忘之者是何趣，
不可思量處是何境。

注釋：

①古桐三弄：古代常用桐木製琴。三弄：三弄又稱〈梅花三弄〉，中國古琴名曲。以泛聲演奏主調，並以同樣曲調在不同徵位上重複三次，故稱為「三弄」。

譯文：

月夜焚香，古琴奏〈梅花三弄〉，便覺得所有思慮都忘卻，一切妄想都斷絕。試看香是什麼味道，煙是什麼顏色，穿過窗戶的白是什麼影，指下撥弄出的是什麼音樂，安然覺得快樂而又悠悠然忘了的是什麼趣味，那不可思量之處又是什麼境界呢？

人之交友，不出趣味兩字，
有以趣勝者，有以味勝者。
然寧饒於味，而無饒於趣。

譯文：人交友，不外是「趣味」兩字，有的以趣取勝，有的以味取勝。但寧願朋友「味」多勝過於「趣」多。

守恬淡以養道，處卑下以養德，
去嗔怒以養性，薄滋味以養氣。

譯文：持守恬淡以修道，處於卑下以養德，去除嗔怒以養性，控制飲食以養氣。

只宜於著意處寫意，不可向真景處點景。

譯文：只宜在有意之處寫意，不可在真景物處綴飾。

閉戶讀書，絕勝入山修道；
逢人說法，全輸兀坐捫心。

譯文：

閉門讀書，遠勝入山修道；遇人說法，不如枯坐問心。

幽人清課，詎但啜茗焚香；
雅士高盟，不在題詩揮翰。

譯文：

隱者清雅功課，豈只是喝茶焚香？雅士清高盟會，不在於題詩揮毫。

以養花之情自養，則風情日閒；
以調鶴之性自調，則真性自美。

譯文：

用養花的閒情養身，則情趣一天天清閒；用馴鶴的性情自處，則天性自然清美。

熱湯如沸，茶不勝酒；幽韻如雲，酒不勝茶。
酒類俠，茶類隱。酒固道廣，茶亦德素。

譯文：熱茶像是沸水，茶不如酒；清幽氣韻如雲，酒不如茶。酒像俠客，茶像隱士。酒固然交遊廣闊，茶也自有其清素德行。

老去自覺萬緣都盡，那管人是人非；春來倘有一事關心，只在花開花謝。

譯文：老去自覺塵緣已盡，哪管人是人非；春來若有一事關心，只在花開花謝。

午睡欲來，頹然自廢，身世庶幾渾忘；晚炊既收，寂然無營，煙火聽其更舉。

譯文：午間睡意襲來，默然自覺沉寂，身體人世全都遺忘；傍晚炊煙收歇，寂然無所事事，只等煙火再次升起。

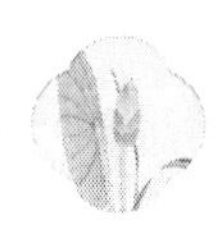

花開花落春不管，拂意事休對人言；
水暖水寒魚自知，會心處還期獨賞。

譯文：花開花落，春不過問，人生不如意事，不要對人言及；水暖水寒，游魚自知，有所領會處，還望獨自欣賞。

寵辱不驚，閒看庭前花開花落；
去留無意，漫隨天外雲卷雲舒。

譯文：寵辱不驚，閒看庭前花開花落；去留無意，任隨天外雲卷雲舒。

會得個中趣，五湖之煙月盡入寸衷；
破得眼前機，千古之英雄都歸掌握。

譯文：領會得其中意趣，五湖煙月都入心中；識破眼前關鍵，千古英雄都歸掌握。

閒為水竹雲山主，靜得風花雪月權。

📖 譯文：
閒則能夠成為水竹雲山的主人，靜則擁有主宰風花月雪的權力。

半幅花箋入手，剪裁就臘雪春冰；
一條竹杖隨身，收拾盡燕雲楚水[①]。

📖 注釋：
① 燕：今河北北部一帶。楚：今湖南、湖北一帶。

📖 譯文：
半幅華美箋紙入手，可寫就臘月之雪、春時之冰一般文字；一條竹杖隨身前行，可欣賞燕地之雲、楚地之水一般美景。

霜降木落時，入疏林深處，
坐樹根上，飄飄葉點衣袖，
而野鳥從梢飛來窺人。
荒涼之地，殊有清曠之致。

譯文： 霜降葉落時，進入稀疏林木深處，坐在樹根上，葉子飄飄，輕點著衣袖，野鳥從樹梢飛來窺我。荒涼之地，極有清曠情致。

閒中覓伴書為上，身外無求睡最安。

譯文： 清閒中尋伴，書為上；身外已無求，睡最安。

蕭齋香爐，書史酒器俱捐；北窗石枕，松風[①]茶鐺將沸。

注釋：

①松風：《茶經》：「凡候湯有三沸。如魚眼微有聲，為一沸。緣邊如湧泉連珠，為二沸。騰波鼓浪，為三沸，則湯老。颼颼欲作松風鳴。」

譯文： 冷落書齋，香爐煙嫋，書史與酒器都棄；北窗下臥，以石作枕，茶鐺似松風將沸。

菜甲初長，過於酥酪[1]。
寒雨之夕，呼童摘取，佐酒夜談，
嗅其清馥之氣，可滌胸中柴棘，
何必純灰三斛[2]！

注釋：

①菜甲：菜初生的葉芽。酥酪：以牛羊乳精製成的食品。
②純灰：純正草木灰，可藥用，比喻清洗胸中塵滓的情物。斛：古代量詞。

譯文：

菜芽初長，味勝酥酪，寒雨之夜，叫童子摘取，佐酒夜談，嗅其清香，可滌除胸中堵塞的荊棘，何必要用三斛純灰來清洗！

暖風春座[1]酒，細雨夜窗棋。

注釋：

①春座：春天座席。

譯文：

暖風輕拂春座酒，細雨輕敲夜窗棋。

秋冬之交，夜靜獨坐，
每聞風雨瀟瀟，既悽然可愁，
亦復悠然可喜。
至酒醒燈昏之際，尤難為懷。

譯文：

秋末冬初，夜靜獨坐，每每聽聞風雨瀟瀟，既覺得悽然傷感，又覺得自然欣喜，到了酒醒燈昏時候，心懷尤其難以描說。

黃花紅樹，春不如秋；白雲青松，冬亦勝夏。
春夏園林，秋冬山谷，一心無累，四季良辰。

譯文：

黃花紅樹，春不如秋；白雲青松，冬也勝夏；春夏園林，秋冬山谷，心無掛累，四季都是良辰。

善救時，若和風之消酷暑；
能脫俗，似淡月之映輕雲。

譯文：

善於匡救時弊，如同和風消除酷暑；能夠脫離塵俗，恰似淡月映著輕雲。

心事無不可對人語，則夢寐俱清；
行事無不可使人見，則飲食俱穩。

譯文：

心事盡可對人言，則睡夢清靜；行事都可使人見，則飲食安穩。

卷六　景

結廬松竹之間，閒雲封戶；徙倚青林之下，花瓣沾衣。芳草盈階，茶煙幾縷；春光滿眼，黃鳥一聲。此時可以詩，可以畫，而正恐詩不盡言，畫不盡意。而高人韻士，能以片言數語盡之者，則謂之詩可，謂之畫可，則謂高人韻士之詩畫亦無不可。集景第六。

譯文：

在松竹之間構築房舍，閒雲遮擋了門戶。在青林之下徘徊養息，花瓣沾染了衣裳。芳草長滿臺階，幾縷烹茶的炊煙裊繞，春光盎然滿眼，黃鳥不時鳴囀。此時，可作詩，可作畫，卻又擔心其中意趣，詩說不完，畫繪不盡。而高人雅士，能用片言數語說盡，如此，說是詩對，說是畫也對，說是高人雅士的詩畫也無不對。

花關曲折，雲來不認灣頭；
草徑幽深，落葉但敲門扇。

譯文：

鮮花盛開的關口曲曲折折，彩雲飄來也認不清水灣；小草掩蔽的小路幽靜深僻，只有落葉偶爾敲動著門扇。

細草微風，兩岸晚山迎短棹[①]；
垂楊殘月，一江春水送行舟。

注釋：

①短棹：划船用的小槳，指小船。

譯文：

細草微風，兩岸晚山迎小艇；垂楊殘月，一江春水送行舟。

閒步畎畝間，垂柳飄風，新秧翻浪；
耕夫荷農器，長歌相應；
牧童稚子，倒騎牛背，短笛無腔，
吹之不休，大有野趣。

譯文：

閒步田野，垂柳飄風，新秧翻浪。農夫扛著農具，長歌呼應。牧童倒騎牛背，短笛沒有腔調卻吹個不停，十分有鄉野的趣味。

夜闌人靜，攜一童立於清溪之畔，孤鶴忽唳，魚躍有聲，清入肌骨。

譯文：

夜深人靜，攜帶一童子站在清溪之畔，孤鶴忽鳴，魚躍有聲，清幽便透入肌骨。

垂柳小橋，紙窗竹屋，焚香燕坐，
手握道書[①]一卷。
客來則尋常茶具，本色清言，日暮乃歸，
不知馬蹄[②]為何物。

注釋：

① 道書：道家或佛家的典籍。

② 馬蹄：替馬加上各種束縛，指性情受到束縛。見《莊子·馬蹄》。

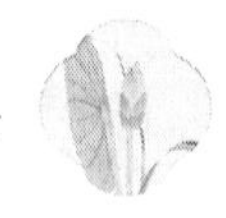

譯文：

垂柳小橋，紙窗竹屋，焚香安坐，手中握一卷道書。有客到來，就是平常茶具，相對清談，不加矯飾，日暮才歸，不知人間束縛是何物。

清晨林鳥爭鳴，喚醒一枕春夢。獨黃鸝百舌，抑揚高下，最可人意。

譯文：

清晨，林中鳥兒爭鳴，喚醒一枕春夢。唯獨是黃鸝鳥和百舌鳥，鳴聲高低相錯，清音悅耳，最讓人喜歡。

高峰入雲，清流見底，兩岸石壁，五色交輝，青林翠竹，四時俱備，曉霧將歇，猿鳥亂鳴，日夕欲頹，沉鱗競躍，實欲界[1]之仙都。自康樂[2]以來，未有能與其奇者。

注釋：

① 欲界：原為佛教語。三界之一，包括地獄、人間和六欲天等。以貪欲熾盛為其特徵。後

指塵世、人世。

②康樂：南北朝時期著名詩人謝靈運，喜遊山水，為山水詩派開創者。

譯文：

高峰入雲，清流見底，兩岸石壁，五彩六色交相輝映，青翠林竹，四季具備，曉霧將收，猿鳥齊鳴，紅日西斜，魚躍層波，實在是人間仙都。在那位喜愛尋山探水的謝靈運之後，沒有人能描賞這樣的奇景。

天氣清朗，步出南郊野寺，沽酒飲之。
半醉半醒，攜僧上雨花臺①，
看長江一線，風帆搖曳，
鐘山紫氣②，掩映黃屋③，
景趣滿前，應接不暇。

注釋：

①雨花臺：江蘇南京名勝。

②鐘山紫氣：鐘山即紫金山，在今江蘇省南京市東，上多紫紅色岩石，陽光照映，遠望呈現紫金色，故名。

③黃屋：帝王所居宮室。

譯文：

天氣晴朗，步行出南郊野寺，買酒飲後，半醉半醒，帶著僧人上雨花臺，看長江如一線流遠，風帆搖曳，鐘山的紫氣掩映著皇家宮室，景趣滿眼，讓人目不暇接。

每登高丘，步邃谷，

延留燕坐，見懸崖瀑流，壽木垂蘿，

閟邃[①]岑寂之處，終日忘返。

注釋：

①閟邃：神祕幽深。

譯文：

每每登上高丘，走入深谷，久留安坐，看懸崖瀑布，古樹藤蘿，神祕幽深、寂靜無聲處，整日不想返回。

風晨月夕，客去後，蒲團可以雙跏[①]；

煙島雲林，興來時，竹杖何妨獨往。

注釋：

①雙跏：跏趺，修禪者的坐法。兩腳交叉放在左右大腿上，稱「全跏坐」。單用左腳壓在右大腿，或右腳壓在左大腿，叫「半跏坐」。

譯文：

微風之晨，明月之夕，客人去後，蒲團可以跏坐靜修；煙籠小島，雲繞山林，興致來時，竹杖不妨拄著獨往。

三徑[1]竹間，日華澹澹，固野客之良辰；一偏窗下，風雨瀟瀟，亦幽人之好景。

注釋：

①三徑：隱者住處，《初學記》卷一八引趙岐《三輔決錄》：「蔣詡字元卿，舍中三徑，唯羊仲、裘仲從之遊。二仲皆推廉逃名。」

譯文：

三徑穿過竹林，日光和靜，當然是隱士的良辰；一扇藤編窗戶，風雨瀟瀟，也算是幽人的好景。

人冷因花寂，湖虛受雨喧。

📖 譯文：

人覺冷清，因為花已然稀寂；湖面虛平，雨落就喧鬧起來。

中庭蕙草[1]銷雪，小苑梨花夢雲。

📖 注釋：

①蕙草：一種香草。古代婦女多佩在身上，作為香料。

📖 譯文：

庭院中蕙草生長，冰雪已融；小苑中梨花深處，夢中雲起。

蔭映巖流之際，偃息琴書之側，

寄心松竹，取樂魚鳥，

則淡泊之願，於是畢矣。

📖 譯文：

樹蔭掩映山岩流水之際，幽人臥息古琴書卷之側，寄心於松竹，得樂於魚鳥，我淡泊的心願也就算完整了。

庭前幽花時發，披覽既倦，每啜茗對之。香色撩人，吟思忽起，遂歌一古詩，以適清興。

譯文：

庭前幽香的花按時開了，讀書倦時，常飲茶相對。覺得香色撩人，觸起詩意，就歌詠一首古詩，來投合自己的清雅興致。

凡靜室，須前栽碧梧，後種翠竹，前簷放步，北用暗窗，春冬閉之，以避風雨，夏秋可開，以通涼爽。然碧梧之趣，春冬落葉，以舒負暄融和之樂，夏秋交蔭，以蔽炎爍蒸烈之威，四時得宜，莫此為勝。

譯文：

安靜的居室，要前栽碧綠的梧桐，後種青翠的竹子。前簷要寬，可以放開步伐走動。北面背陰處要設暗窗，春冬時節關閉，遮蔽風雨；夏秋時節開啟，通風涼爽。然而碧梧的樂

趣，還在於春冬落葉後，可以舒展陽光讓人倍覺暖和的樂趣；夏秋濃蔭時，可以遮蔽烈日烤蒸的嚴威。四時相宜，沒有比這更好的了。

家有三畝園，花木鬱鬱。
客來煮茗，談上都貴遊①、人間可喜事，
或茗寒酒冷，賓主相忘。
其居與山谷相望，暇則步草徑相尋。

注釋：

① 上都：古代對京都的通稱。貴遊：指無官職的王公貴族。也泛指顯貴者。

譯文：

家中有三畝園林，花木鬱鬱蔥蔥。客人來煮茶相待，談談京城顯貴與人間可喜的事情，有時茶寒酒冷，賓主也都忘了彼此。居所與山谷相望，閒暇時就從草徑去探尋。

良辰美景，春暖秋涼。負杖躡履，逍遙自樂。
臨池觀魚，披林聽鳥；酌酒一杯，彈琴一曲；
求數刻之樂，庶幾居常以待終。

譯文：

良辰美景，春暖秋涼，拄杖穿鞋，逍遙自樂。臨池觀魚，入林聽鳥，酌一杯酒，彈一曲琴，獲得幾刻的快樂，就這樣把這些當作常事一直到生命終結。

築室數楹，編槿為籬，結茅為亭。
以三畝蔭竹樹栽花果，二畝種蔬菜，
四壁清曠，空諸所有，蓄山童灌園薙草，
置二三胡床著亭下，挾書劍伴孤寂，
攜琴弈以遲良友，此亦可以娛老。

譯文：

修築幾間房屋，將木槿編為籬笆，結茅草作亭子。用三畝栽竹樹花果，二畝種蔬菜。四面牆壁一片空曠，什麼都沒有。養幾個山童澆水鋤草，放兩、三個胡床在亭下，帶書劍陪伴自己的孤寂，攜琴棋等候良友，這樣也可以安度晚年。

幾分春色，全憑狂花疏柳安排；
一派秋容，總是紅蓼白蘋①妝點。

注釋：

①紅蓼：蓼的一種。多生水邊，花呈淡紅色。白蘋：水中浮草。

譯文：

幾分春色，全憑怒放的鮮花與稀疏的楊柳安排；一派秋容，總是紅蓼與白蘋裝飾點綴。

南湖[1]水落，妝臺[2]之明月猶懸；西廓煙銷，繡榻之彩雲不散[3]。

注釋：

①南湖：一名鴛鴦湖，在浙江嘉興市內。

②妝臺：指西施梳妝檯，在范蠡湖。范蠡湖位於嘉興環城南路，二號橋附近，原湖面寬闊，有人考證南湖原也為其一角，後因築城而成為一小湖泊。

③西廓：指浙江嘉興西城外。

譯文：

南湖水落，妝臺明月依然高懸；西廓煙銷，繡榻彩雲仍舊不散。

春山豔冶如笑，夏山蒼翠如滴，

秋山明淨如妝，冬山慘淡如睡。

譯文： 春山妖豔如笑，夏山蒼翠如滴，秋山明淨如妝，冬山慘淡如睡。

眇眇乎春山，澹冶而欲笑；
翔翔乎空絲，綽約而自飛。

譯文： 遼遠春山，淡雅明麗欲笑；飄翔遊絲，婉約柔美自飛。

山曲小房，入園窈窕幽徑，綠玉萬竿。
中匯澗水為曲池，環池竹樹雲石，
其後平岡逶迤，古松鱗鬣，
松下皆灌叢雜木，蔦蘿駢織，亭榭翼然。
夜半鶴唳清遠，恍如宿花塢①間；
聞哀猿啼嘯，嘹嚦驚霜，
初不辨其為城市為山林也。

注釋：

①花塢：四周高起中間凹下的種植花木的地方。

譯文：

山彎曲處建一處小房子，入園是深幽小徑，萬竿綠竹。中間彙集水流作曲折池塘，周圍種上竹子，安置大石頭。後面低平山岡綿延，古松樹皮如魚鱗，松針如硬鬚，松下都是叢生的低矮雜木，寄生蔦蘿聯併交織，亭榭展翅如飛。夜半時分，鶴鳴清遠，恍如宿在花塢中一般。間或又聽到哀猿啼嘯，響亮悽清，似驚霜雪，便開始覺得已分辨不清此地是城市還是山林了。

一抹萬家，煙橫樹色，翠樹欲流，淺深間布，心目競觀，神情爽滌。

譯文：

一片雲霧籠罩萬家，橫穿過樹林，樹木青翠欲流，與淡雲深淺相間，心與目爭相觀賞，神情也為之清爽滌淨。

萬里澄空，千峰開霽，山色如黛，風氣如秋，濃陰如幕，煙光如縷，笛響如鶴唳，經颸如咿唔，溫言如春絮，冷語如寒冰，此景不應虛擲。

譯文：

澄空萬里，千峰放晴，山色濃綠，風氣如秋，濃陰如遮幕，煙光如絲縷，笛響如鶴唳，誦經聲咿咿唔唔，好言如春日飛絮，冷語如冬日寒冰，這般景物，不應隨意錯過。

山房置古琴一張，質雖非紫瓊綠玉，響不在焦尾、號鐘①，置之石床，快作數弄。深山無人，水流花開，清絕冷絕。

注釋：

① 焦尾、號鐘：古代名琴。

譯文：

山房中放置一張古琴，質地雖不是紫瓊綠玉，響聲也不如名琴焦尾、號鐘，放在石床上，暢快彈奏數曲，深山無人，水流花開，清淨至極，幽冷至極。

密竹軼雲，長林蔽日，淺翠嬌青，籠煙惹溼，構數椽其間，竹樹為籬，不復葺垣。中有一泓流水，清可漱齒，曲可流觴[①]，放歌其間，離披蒨鬱，神滌意閒。

注釋：

①流觴：流觴曲水，在曲繞的水流邊舉行宴會，上流放酒杯任其流下，杯停在誰面前，誰就取而飲酒。晉王羲之〈蘭亭集序〉：「又有清流激湍，映帶左右，引以為流觴曲水。」

譯文：

繁密的竹子高指入雲，高大的樹林濃陰蔽日，淺翠嬌青，籠煙惹溼，在其間構造幾間茅屋，用竹樹作籬笆，不再修築圍牆。中間有一泓流水，清澈可以漱齒，彎曲可以流觴。在其間放歌，草木繁盛鮮豔，心意清淨悠閒。

雲晴靉靆[①]，石楚[②]流滋，狂飆忽卷，珠雨淋漓。黃昏孤燈明滅，山房清曠，意自悠然。夜半松濤驚颶，蕉園鳴琅窾坎[③]之聲，疏密間發，愁樂交集，足寫幽懷。

注釋：

①靉靆：雲多的樣子。

②石楚：石礎，柱下石。柱下石若潮溼流水，預示天將下雨。

③鳴琅：金石相擊。窾坎：象聲詞。

譯文：

晴空中忽然濃雲密布，柱子下的石礎也潮溼流水，狂風席捲大地，如珠大雨淋漓傾灑。黃昏時分，孤燈明滅，山房清靜空曠，心中悠然自得。夜半時分，松濤大作，如濤天巨浪，芭蕉園傳來如金石相擊的聲響，時疏時密，讓人愁樂交集，足夠抒發內心幽隱的情懷。

孤帆落照中，見青山映帶，征鴻回渚，
爭棲競啄，宿水鳴雲，聲悽夜月，
秋飆蕭瑟，聽之黯然，
遂使一夜西風，寒生露白。

譯文：

落日下孤帆在水，青山映襯，飛鴻在沙洲上回翔，爭相棲停啄食。牠們宿在水邊，鳴叫聲直入雲空，在夜月下特別悽清，加之秋風蕭瑟，聽著更覺黯然消魂。一夜西風，寒氣襲來，便使露白為霜。

春雨初霽，園林如洗，開扉閒望，見綠疇麥浪層層，與湖頭煙水相映帶，一派蒼翠之色，或從樹杪流來，或自溪邊吐出。支筇[1]散步，覺數十年塵土肺腸，俱為洗淨。

注釋：

①筇：竹杖。

譯文：

春雨初晴，園林如洗，開門閒望，見到綠色的田野上麥浪層層，與湖邊煙水相映襯。一派蒼翠顏色，或從樹梢流來，或自溪邊吐出。拄著竹杖散步，覺得幾十年的塵俗心腸，都被清洗一淨。

四月有新筍、新茶、新寒豆、新含桃，
綠陰一片，黃鳥數聲，乍晴乍雨，不暖不寒，
坐間非雅非俗，半醉半醒，
爾時如從鶴背飛下耳。

譯文：

四月有新筍、新茶、新豌豆、新櫻桃，綠蔭一片，黃鳥幾聲，忽晴忽雨，不暖不寒，座中賓客非雅非俗，半醉半醒，此時如乘仙鶴飛下一般。

名從刻竹，源分渭畝之雲①；
倦以據梧，清夢鬱林之石②。

注釋：

① 刻竹：猶剖竹。古代授官封爵，以竹符為信。剖分為二，一給本人，一留朝廷，相當於後來的信符、委任狀。後因以「刻竹」為授官之稱。渭畝之雲：指渭川千畝如雲的竹林。

② 鬱林之石：《新唐書・隱逸傳・陸龜蒙》：「陸氏在姑蘇，其門有巨石。遠祖績嘗事吳為鬱林太守，罷歸無裝，舟輕不可越海，取石為重，人稱其廉，號『鬱林石』，世保其居云。」後「鬱林石」用作為官清廉的典故。

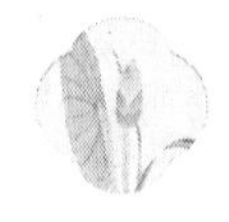

譯文：官名刻在竹符上，這符源自渭川千畝竹林；倦後便靠著梧桐，夢當年陸續清廉為官的往事。

夕陽林際，蕉葉墮而鹿眠；點雪爐頭，茶煙飄而鶴避。

譯文：夕陽灑在林際，蕉葉掉在地上，鹿也入了夢鄉；雪落在爐火邊，烹茶煙氣飄揚，鶴也為之走避。

高堂客散，虛戶風來，門設不關，簾鉤欲下。橫軒有狻猊之鼎，隱幾皆龍馬之文①。流覽霄端，寓觀濠上②。

注釋：

①狻猊：獅子，此指刻鏤成獅子狀的香爐。龍馬：古代傳說中龍頭馬身的神獸。

②濠上：指莊子惠子遊於濠梁事，《莊子．秋水》：「莊子與惠子遊於濠梁之上。莊子曰：『儵

魚出游從容，是魚之樂也。』惠子曰：『子非魚，安知魚之樂？』莊子曰：『子非我，安知我不知魚之樂？』惠子曰：『我非子，固不知子矣；子固非魚也，子之不知魚之樂，全矣！』莊子曰：『請循其本。子曰「汝安知魚樂」云者，既已知吾知之而問我。我知之濠上也。』」後多用作逍遙自在的典故。

譯文：

大堂上客人已散，風從虛掩的門戶吹入，簾鉤將要放下。窗前有獅形香爐，倚著的几案上有龍頭馬身神獸的花紋，此時遠望雲端，心遊濠上，遙念莊子，別是一種滋味。

山居有四法：

樹無行次，石無位置，屋無宏肆，心無機事。

譯文：

山中居住有四種方法：種樹不講行列，擺石不固定位置，屋子不求規模宏大，心中沒有機巧之事。

海山微茫而隱見，江山嚴厲而峭卓，

溪山窈窕而幽深，寒山童頳而堆阜，

桂林之山，綿衍龐博，江南之山，峻峭巧麗。山之形色，不同如此。

譯文：

海山渺茫，隱約可見；江山威嚴，險峭挺拔；溪山幽深，明靜美好；寒山禿紅，僅似堆土；桂林之山，綿延無邊；江南之山，峻峭巧麗。山的形色，便是這般不同。

杜門避影，出山一事，不到夢寐間。春晝花陰，猿鶴飽臥，亦五雲之餘蔭[①]。

注釋：

① 五雲：指雲英、雲珠、雲母、雲液、雲沙五種雲母。據稱按五季服用，能長壽乃至成仙。

譯文：

閉門躲避人影，出山之事，不再入我夢境。春日花陰下，與猿鶴一同飽臥，這也是修煉成仙的一點辦法。

白雲徘徊，終日不去。巖泉一支，潺湲齋中。
春之晝，秋之夕，既清且幽，
大得隱者之樂，唯恐一日移去。

譯文：

白雲徘徊，終日不離。山泉一支，流淌齋中。春之白日，秋之晚夕，既清雅又幽靜，很是有隱者的樂趣，只擔憂一天會離去。

與衲子輩坐林石上，談因果，說公案[①]。
久之，松際月來，振衣而起，踏樹影而歸，
此日便是虛度。

注釋：

① 公案：佛教禪宗指前輩祖師的言行範例。

譯文：

與僧人坐在林中石上，談因果輪迴，說佛門先輩言行。很久之後，松間月來，振衣而起，踏著樹影歸去，這一天就這樣虛度了。

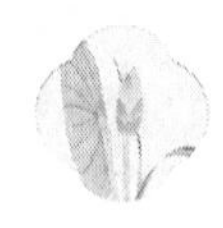

結廬人境，植杖山阿，林壑地之所豐，
煙霞性之所適，蔭丹桂，藉白茅，
濁酒一杯，清琴數弄，誠足樂也。

譯文：

在有人聚居處構築房舍，拄杖前往山上曲折處，此地樹林繁茂，谷壑多有，煙霞最合我心。丹桂樹下，鋪展白茅，一杯濁酒，幾曲清琴，實在讓人快樂。

輞水[1]淪漣，與月上下；
寒山遠火，明滅林外，深巷小犬，吠聲如豹。
村墟夜春[2]，復與疏鐘相間，
此時獨坐，童僕靜默。

注釋：

①輞水：即輞川，水名。在中國陝西省藍田縣南。

②春：把東西放在石臼或乳缽裡搗掉皮殼或搗碎。

譯文：

輞川水泛動微波，與水上月光相蕩漾。寒山遠處燈火，在林外明明滅滅，深巷中小狗叫聲像豹子一般。村莊有人在夜裡舂糧，那聲音與稀疏的鐘聲相間，這時獨坐，童僕也靜默。

晴雪長松，開窗獨坐，恍如身在冰壺；
斜陽芳草，攜杖閒吟，信是人行圖畫。

譯文：

晴雪長松，開窗獨坐，恍如身在藏冰的玉壺內；斜陽芳草，拄杖閒吟，確乎是人行走在畫圖中。

小窗下，修篁蕭瑟，野鳥悲啼；
峭壁間，醉墨①淋漓，山靈呵護。

注釋：

①醉墨：指醉中所作的詩畫。

譯文：

小窗下，長竹蕭瑟，野鳥悲啼；峭壁間，醉墨淋漓，山神呵護。

雲收便悠然共遊，雨滴便冷然俱，

鳥啼便欣然有會，花落便灑然有得。

📖 **譯文：**

雨過雲收，就悠然同遊；天陰滴雨，便與之共冷；小鳥鳴啼，便欣然會心；花落塵埃，便瞭然有悟。

山館秋深，野鶴唳殘清夜月；

江園春暮，杜鵑啼斷落花風。

📖 **譯文：**

山館秋深，清夜良月，野鶴鳴聲驚心；江園春暮，風飄落花，杜鵑啼聲悽苦。

賞花酣酒，酒浮園菊凡三盞；

睡醒問月，月到庭梧第二枝。

此時此興，亦復不淺。

譯文：

賞花時酣飲美酒，杯中浮著園中菊花，一共三盞；睡醒後想問月色，才照到庭院梧桐，是第二枝。此時興味，也不算淺。

看山雨後，霽色一新，便覺青山倍秀；
玩月江中，波光千頃，頓令明月增輝。

譯文：

雨後看山，晴明一新，便覺青山倍加秀麗；江中賞月，波光千頃，頓時明月增添光輝。

小窗偃臥，月影到床，
或逗留於梧桐，或搖亂於楊柳；
翠華撲被，神骨俱仙。
及從竹里流來，如自蒼雲吐出。
清送素蛾之環珮，逸移幽士之羽裳。
相思足慰於故人，清嘯自紆於良夜。

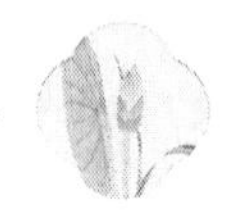

譯文：

小窗下躺臥，月光照射到床邊，有的在梧桐樹上逗留，有的在楊柳枝上亂搖。翠色撲滿被子，精神骨骼都飄飄欲仙。等到月光從竹葉間灑來，就像從青雲中吐出一般，清脆地送來嫦娥的環珮之聲，飄逸地吹動了幽人的羽衣。她勾起的相思足以安慰故人，我清朗的長嘯在這良夜中縈繞許久。

繪雪者，不能繪其清；繪月者，不能繪其明；
繪花者，不能繪其香；繪風者，不能繪其聲；
繪人者，不能繪其情。

譯文：

畫雪的人，畫不出它的清高；畫月的人，畫不出它的明朗；畫花的人，畫不出它的香味；畫風的人，畫不出它的聲音；畫人的人，畫不出他的情感。

讀書宜樓，其快有五：
無剝啄之驚，一快也；
可遠眺，二快也；

無溼氣浸床，三快也；

木末竹顛，與鳥交語，四快也；

雲霞宿高簷，五快也。

譯文：

讀書要在高樓上，其讓人快意的地方有五處：沒有敲門的驚擾，這是第一種快意；可以遠眺，這是第二種快意；無溼氣浸潮床蓆，這是第三種快意；能與樹末竹梢小鳥交談，這是第四種快意；雲霞停宿在屋簷下，這是第五種快意。

籬邊杖履送僧，花鬚列於巾[1]角；

石上壺觴坐客，松子落我衣裾。

注釋：

① 巾：此處當指方巾，明代文人、處士所戴的軟帽。

譯文：

籬邊拄杖踏鞋送走僧人，花蕊掛在了方巾角上；石桌上列壺舉杯待客，松子掉落打到了我的衣襟。

遠山宜秋，近山宜春，
高山宜雪，平山宜月。

譯文：
遠山宜賞秋景，近山宜賞春景，高山宜賞雪景，平山宜賞月景。

珠簾蔽月，翻窺窈窕之花；
綺幔藏雲，恐礙扶疏之柳。

譯文：
珠簾遮蔽了月光，反要窺看窈窕的鮮花；綺麗的帳幔隱藏了雲彩，恐怕擋住了搖擺的垂柳。

卷七 韻

人生斯世，不能讀盡天下祕書靈笈①。有目而昧，有口而啞，有耳而聾，而面上三斗俗塵，何時掃去？則韻之一字，其世人對症之藥乎？雖然，今世且有焚香啜茗，清涼在口，塵俗在心，儼然自附於韻，亦何異三家村老嫗，動口念阿彌，便云升天成佛也。集韻第七。

注釋：

①祕書：祕密機要的書籍檔案。宮禁祕藏之書，也指讖緯圖籙等書。靈笈：裝仙道祕笈的箱子，指仙道祕笈。二詞合用，泛指各種圖書。

譯文：

人生此世，不能讀盡天下的寶書祕笈。有眼卻昏，有口卻啞，有耳卻聾，而臉上的三斗俗塵，何時才能掃去？則「韻」這個字，是世人的對症之藥吧？雖說如此，如今還有人焚香品茶，清涼在口，塵俗留心，卻一本正經以為自己已經屬於「韻人」，這與那些偏僻小村老嫗動口唸唸「阿彌陀佛」，就說自己已經升天成佛又有什麼不同呢？

雪後尋梅，霜前訪菊；雨際護蘭，風外聽竹。

譯文：

雪後尋梅，霜前訪菊；雨天護蘭，風外聽竹。

春雲宜山，夏雲宜樹，秋雲宜水，冬雲宜野。

譯文：

春天山上的雲最好，夏天樹林的雲最好，秋天水邊的雲最好，冬天荒野的雲最好。

春夜小窗兀坐，月上木蘭，有骨淩冰，懷人如玉。因想「雪滿山中高士臥，月明林下美人來」①語，此際光景頗似。

📖 **注釋：**

①雪滿二句：出自高啟〈梅花九首〉之一。

📖 **譯文：**

春夜在小窗下獨坐，月光照耀著木蘭花樹，彷彿是骨立在冰雪中，讓人懷想起如玉的人兒。於是想到「雪滿山中高士臥，月明林下美人來」的詩句，此時此夜，景象十分相似。

文房供具，

藉以快目適玩，鋪疊如市，頗損雅趣，

其點綴之法，羅羅[1]清疏，方能得致。

📖 **注釋：**

①羅羅：疏朗清晰。

📖 **譯文：**

書房中陳設的器物，是用來悅目把玩的，鋪疊太多，像市集上的物品一般，很是破壞優雅的意味。器物擺放點綴的方法，疏朗適用，才有情致。

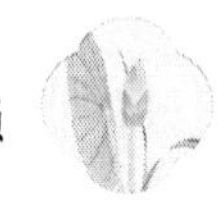

香令人幽，酒令人遠，茶令人爽，琴令人寂，棋令人閒，劍令人俠，杖令人輕，麈令人雅，月令人清，竹令人冷，花令人韻，石令人雋，雪令人曠，僧令人談，蒲團令人野，美人令人憐，山水令人奇，書史令人博，金石鼎彝[1]令人古。

注釋：

①金石：指古代鐫刻文字、頌功紀事的鐘鼎碑碣之類。鼎彝：古代祭器，上面多刻著表彰有功人物的文字。

譯文：

香令人幽靜，酒令人高遠，茶令人清爽，琴令人清寂，棋令人清閒，劍令人任俠，杖令人輕盈，麈令人清雅，月令人清澈，竹令人清冷，花令人生韻，石令人雋永，雪令人清曠，僧令人欲談，蒲團令人淡野，美人令人愛憐，山水令人清奇，書史令人廣博，鐘鼎碑碣祭器之類，令人古樸。

窗宜竹雨聲，亭宜松風聲，几宜洗硯聲，

榻宜翻書聲，月宜琴聲，雪宜茶聲，

春宜箏聲，秋宜笛聲，夜宜砧[1]聲。

注釋：

① 砧：搗衣石。

譯文：

當窗宜聽竹雨聲，亭中宜聽松風聲，几案邊宜聽洗硯聲，臥榻上宜聽翻書聲，月下宜聽琴聲，對雪宜聽煮茶聲，春天宜聽箏聲，秋天宜聽笛聲，夜晚宜聽搗衣聲。

雲林[1]性嗜茶，在惠山中，

用核桃、松子肉和白糖，成小塊，如石子，

置茶中，出以啖[2]客，

名曰清泉白石。

注釋：

① 雲林：元代畫家倪瓚，字元鎮，號雲林子。

②啖：吃，給……吃。

譯文：

倪雲林嗜好飲茶，在惠山中，用核桃、松子肉和白糖，製成小塊，如石子，放入茶中，端出待客，名為「清泉白石」。

鳥銜幽夢遠，只在數尺窗紗；
蛩遞秋聲悄，無言一龕燈火。

譯文：

鳥兒將清幽的夢銜住遠去了，卻恍然覺得好像還停留在幾尺窗紗上；蟋蟀鳴叫帶來的卻是秋天靜悄悄的訊息，無言可說，只能對著一龕燈火。

借草班荊，安穩林泉之窔；
披裘拾穗，逍遙草澤之臞。

譯文：

鋪開茅草荊條，朋友共坐在幽靜的林泉；披著皮裘撿拾稻穗，在草澤中逍遙地享受時光。

萬綠陰中，小亭避暑，八闥①洞開，幾簟皆綠。
雨過蟬聲來，花氣令人醉。

注釋：

①闥：門。

譯文：

萬綠蔭中，小亭避暑，八門敞開，几案蓆子都綠。雨過蟬聲傳來，花氣令人陶醉。

瘦影疏而漏月，香陰氣而墮風。

譯文：

瘦影稀疏，月光透灑；香氣濃郁，墮入風中。

與梅同瘦，與竹同清，與柳同眠，與桃李同笑，居然花裡神仙；
與鶯同聲，與燕同語，與鶴同唳，與鸚鵡同言，如此話中知己。

譯文：

與梅同瘦，與竹同清，與柳同眠，與桃李同笑，儼然是花叢裡神仙；與鶯同聲，與燕同語，與鶴同唳，與鸚鵡同言，如此乃話語中知己。

栽花種竹，全憑詩格取裁；

聽鳥觀魚，要在酒情打點。

譯文：

栽花種竹，全按詩歌格調來安排；聽鳥觀魚，要從飲酒情趣上思慮。

梅花入夜影蕭疏，頓令月瘦；

柳絮當空晴恍忽，偏惹風狂。

譯文：

梅花入夜清影蕭疏，頓時讓明月消瘦；柳絮晴空恍惚迷離，偏偏惹風兒痴狂。

花陰流影，散為半院舞衣；

水響飛音，聽來一溪歌板[①]。

注釋：

①歌板：即拍板，唱歌時用來打拍子。

譯文：

花影流動，散落成半院飄動的舞衣；水聲飛散，聽來像是一溪清響的歌板。

萍花香裡，風清幾度漁歌；

楊柳影中，月冷數聲牛笛。

譯文：

萍花香裡，和風清潤漁人之歌；楊柳影中，月色浸冷牧童之笛。

謝將飄渺無歸處，斷浦沉雲；

行到紛紜不繫時，空山掛雨。

譯文：

分別後心中渺茫無所歸依，冷落的水邊總是烏雲密布；行走到紛繁意念不再牽繫，空山樹枝上常常掛著雨滴。

浣花溪①內，洗十年遊子衣塵；

修竹林②中，定四海良朋交籍。

注釋：

①浣花溪：在成都，又名百花潭，唐代大詩人杜甫曾在長久漂泊後在此居住過幾年。

②修竹林：用「竹林七賢」典，《世說新語·任誕》：「陳留阮籍、譙國嵇康、河內山濤三人年皆相比，康年少亞之。預此契者，沛國劉伶、陳留阮咸、河內向秀、琅邪王戎。七人常集於竹林之下，肆意酣暢，故世謂『竹林七賢』。」

譯文：

浣花溪內，可洗淨十年遊子衣上塵土；修竹林中，能寫定四海良朋交遊名冊。

豔陽天氣，是花皆堪釀酒；綠陰深處，凡①葉盡可題詩。

注釋：

①凡：凡是，只要是。

譯文：

豔陽天氣，花皆能釀酒；綠蔭深處，葉盡可題詩。

曲沼荇香侵月，未許魚窺；

幽關松冷巢雲，不勞鶴伴。

譯文： 紆曲的池沼中，荇草的香氣浸染了水中的月亮，不允許魚來窺瞧；幽靜的山關上，松樹上隱士的巢居繚繞著冷雲，不勞煩鶴來相伴。

篇詩斗酒，何殊太白之丹丘①；

扣舷吹簫，好繼東坡之赤壁②。

注釋：

①篇詩二句：李白〈將進酒〉：「岑夫子，丹丘生，將進酒，杯莫停。」岑夫子指岑勳，丹丘生指元丹丘，都是李白的朋友。這裡屬於借對。

②扣舷二句：蘇軾〈赤壁賦〉：「壬戌之秋，七月既望，蘇子與客泛舟遊於赤壁之下……於是飲酒樂甚，扣舷而歌之……客有吹洞簫者，倚歌而和之……」

譯文： 吟唱詩篇暢飲美酒，與李太白、元丹丘有何分別？輕扣船舷吹奏洞簫，繼續東坡赤壁之遊的歡樂。

茶中著料，碗中著果，
譬如玉貌加脂，蛾眉著黛，翻累本色。

譯文：茶中放佐料，碗中加果子，如同美麗的臉塗抹脂粉，修長的眉毛描上青黛，反而損害了本色的美。

煎茶非漫浪，要須人品與茶相得，
故其法往往傳於高流隱逸，
有煙霞泉石磊落胸次者。

譯文：烹茶不能隨隨便便，一定要人品與茶相配，所以方法往往流傳在那些清高隱逸、具備煙霞泉石心境、胸懷磊落的人之中。

松澗邊攜杖獨往，立處雲生破衲；
竹窗下枕書高臥，覺時月浸寒氈。

譯文：松澗邊拄杖獨往，站立處，白雲繚繞著破舊的僧衣；竹窗下枕書高臥，醒來時，月光浸潤了簡陋的毛氈。

客到茶煙起竹下，何嫌屐破蒼苔；
詩成筆影弄花間，且喜歌飛《白雪》。

譯文：客人來時，烹茶的煙霧從竹下升起，哪裡會嫌棄木屐踩破青苔呢？謀篇已成，謄寫的筆影在花間飛動，姑且欣喜作的是高雅詩章。

月有意而入窗，雲無心而出岫。

譯文：明月有意，直照入窗戶；白雲無心，悠然出峰巒。

掃徑迎清風，登臺邀明月。
琴觴之餘，間以歌詠，止許鳥語花香，

來吾几榻耳。

譯文：

掃徑迎清風，登臺邀明月。彈琴飲酒，間或歌詠，只許鳥語花香來我几案床榻。

風波塵俗，不到意中；
雲水淡情，常來想外。

譯文：

風波塵俗，不入意中；雲水淡情，常來心外。

紙帳梅花①，休驚他三春清夢；
筆床茶竈，可了我半日浮生。

注釋：

①紙帳梅花：即梅花紙帳，見於宋代林洪《山家清事．梅花紙帳》：「法用獨床。旁置四黑漆柱，各掛以半錫瓶，插梅數枝，後設黑漆板約二尺，自地及頂，欲靠以清坐。左右設橫木一，可掛衣，角安斑竹書貯一，藏書三四，掛白塵一。上作大方目頂，用細白楮

衾作帳罩之。前安小踏床，於左植綠漆小荷葉一，置香鼎，然紫藤香。中只用布單、楮衾、菊枕、蒲褥。」

譯文：梅花紙帳中酣睡，不要驚擾了他三春清夢；筆床茶竈，可以悠閒度過我半天生涯。

酒澆清苦月，詩慰寂寥花。

譯文：酒澆清苦之月，詩慰寂寥之花。

好夢乍回，沉心未燼，風雨如晦，竹響入床，此時興復不淺。

譯文：好夢忽醒，沉睡的心還沒能回還，風雨晦暗，竹葉搖響來我床邊，此時興味，倒也不淺。

花枝送客蛙催鼓，竹籟喧林鳥報更，謂山史實錄。①

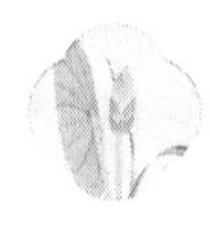

注釋：

①本條採自陳繼儒《巖棲幽事》：「山鳥每至五更，喧起五次，謂之『報更』。蓋山中真率漏聲也。余憶曩居小崑山下，時梅雨初霽，座客飛觴，適聞庭蛙，請以節飲。因題聯云：『花枝送客蛙催鼓，竹籟喧林鳥報更。』可謂山史實錄。」

譯文：

花下宴賓客，蛙聲如鼓點一般催促送客節制飲酒。竹林中喧鬧，那是小鳥在天還沒亮時報更的聲音。這些都算是山居之史、個人實錄了。

遇月夜，露坐中庭，必爇香一炷，可號伴月香。

譯文：

明月之夜，露天坐在中庭，必然要燃一炷香，可稱為「伴月香」。

襟韻灑落，如晴雪秋月，塵埃不可犯。

譯文：

其人襟懷氣韻灑脫磊落，如晴天白雪、秋夜明月，塵埃不可侵犯。

名利場中羽客，人人輸蔡澤一籌[①]；
煙花隊裡仙流，個個讓渙之獨步[②]。

注釋：

① 名利二句：羽客：神仙或方士。蔡澤：戰國說客，入秦為客卿，不久為相。《史記·范雎蔡澤列傳》：「蔡澤相秦數月，人或惡之，懼誅，乃謝病歸相印，號為綱成君。居秦十餘年，事昭王、孝文王、莊襄王，卒事始皇帝……」蔡澤先後事奉多位帝王，卻能保全自己。

② 煙花二句：渙之，當指唐代詩人王之渙。唐代薛用弱《集異記》記載，開元年間，詩人王昌齡、高適、王之渙齊名，一次，三人到酒樓飲酒，見到四位美麗的歌妓唱歌，三人便打賭誰的詩會被唱得多。一位歌妓先唱王昌齡的詩。第二位唱的是高適的詩。第三位唱的是王昌齡的詩。王昌齡自然得意，王之渙指著最美的歌妓說：她唱的若不是我的詩，我從此不與你們爭高下了。那位歌妓一唱，果然是王之渙的〈從軍行〉：「黃河遠上白雲間，一片孤城萬仞山。羌笛何須怨楊柳，春風不度玉門關。」

譯文：

名利場裡的高人，人人輸給安享榮華的蔡澤一籌；煙花叢中的雅士，個個都得讓作〈涼州詞〉的王之渙獨步。

深山高居，爐香不可缺，
取老松柏之根枝實葉共搗治之，
研楓肪羼和之①，每焚一丸，亦足助清苦。

注釋：

① 楓肪：即楓脂，楓樹上分泌的膠狀液體，有香味，可入藥。羼和：把不同的東西摻混在一起。

譯文：

深山隱居，爐中香料不能缺，取老松柏的根、枝、果實、葉子一起搗碎，研磨楓脂一起製作成丸，每焚一粒，也能助人承受清苦生活。

松聲，澗聲，山禽聲，夜蟲聲，
鶴聲，琴聲，棋子落聲，雨滴階聲，

雪灑窗聲，煎茶聲，皆聲之至清，而讀書聲為最。

譯文：

松聲，澗聲，山禽聲，夜蟲聲，鶴聲，琴聲，棋子落聲，雨滴階聲，雪灑窗聲，煎茶聲，都是聲音中最清雅的，而讀書聲又是其中之最。

曉起入山，新流沒岸；棋聲未盡，石磬依然。

譯文：

晨起入山，新漲的水把溪岸都淹沒了，棋局落子之音還在傳繞，又有人在敲著石磬發出清越的聲響。

松聲竹韻，不濃不淡。

譯文：

松之聲，竹之韻，不濃亦不淡。

何必絲與竹，山水有清音。

譯文：

何必要樂器演奏？山水本有清麗之音。

世路中人，或圖功名，或治生產，盡自正經。爭奈天地間好風月、好山水、好書籍，了不相涉，豈非枉卻一生！

譯文：

塵世道路上的人，或是謀取功名，或是料理生計，都是一本正經。可惜的是天地間的好風月、好山水、好書籍，他們一點都不關涉，這樣豈不是虛度一生？

晚登秀江亭①，澄波古木，使人得意於塵埃之外，蓋人閒景幽，兩相奇絕耳。

注釋：

① 秀江亭：在中國江西新餘。

譯文：

傍晚登上秀江亭，置身清波古樹間，彷彿身處塵埃之外。大約是人清閒、景幽靜，兩者都奇妙非常吧！

筆硯精良，人生一樂①，徒設只覺村妝；
琴瑟在御，莫不靜好②，才陳便得天趣。

注釋：

①筆硯二句：歐陽修《試筆．學書為樂》：「蘇子美嘗言：『明窗淨几，筆硯紙墨，皆極精良，亦自是人生一樂。』」蘇子美：北宋詩人蘇舜欽，字子美。

②琴瑟二句：語出《詩經．鄭風．女日雞鳴》，表現夫婦生活和美。

譯文：

毛筆硯臺精良，自然是人生樂事，如果徒然擺放不用，也不過是粗俗的裝扮；琴與瑟一同彈奏，沒有不靜好的，才陳列出就已經得了天然的趣味。

夜長無賴，徘徊蕉雨半窗；
日永多閒，打疊桐陰一院。

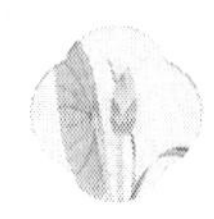

譯文：

夜長無賴，窗邊聽雨打芭蕉，徘徊不定。日長悠閒，一院梧桐樹蔭下，收拾安排。

春夜宜苦吟，宜焚香讀書，宜與老僧說法，以銷豔思。

夏夜宜閒談，宜臨水枯坐，宜聽松聲冷韻，以滌煩襟。

秋夜宜豪遊，宜訪快士，宜談兵說劍，以除蕭瑟。

冬夜宜茗戰，宜酌酒說《三國》《水滸》《金瓶梅》諸集，宜箸竹肉①，以破孤岑。

注釋：

① 竹肉：也稱竹菰，生在朽竹根節上的菌類。

譯文：

春夜宜苦心作詩，宜焚香讀書，宜與老僧說佛法，以受用美好的情思。夏夜宜閒談，宜臨水枯坐，宜聽松聲冷韻，以滌除煩悶心懷。秋夜宜縱情遊玩，宜拜訪豪爽之士，宜談兵說劍，以消除蕭瑟。冬夜宜鬥茶，宜酌酒說《三國》《水滸》《金瓶梅》諸書，宜竹筷夾食竹菰，以破除孤寂。

山以虛而受，水以實而流，
讀書當作如是觀。

譯文：山因為虛靜才能容納萬物，水因為充實豐足才能向前流淌，讀書應當抱著這樣的觀念。

古之君子，行無友，則友松竹；
居無友，則友雲山。
余無友，則友古之友松竹、友雲山者。

譯文：古代君子，出行沒有朋友，就以松竹為友；居家沒有朋友，就以雲山為友。我沒有朋友，就以古代的以松竹、雲山為友的人為友。

「今日鬢絲禪榻畔，茶煙輕颺落花風。」①
此趣唯白香山得之。

注釋：

①今日二句：出自杜牧〈題禪院〉詩，詩中情景，與白居易〈廬山草堂記〉中描述的生活有相通之處。

譯文：

「如今兩鬢銀絲坐在禪床上，烹茶的煙霧輕輕飄動，落花也在風中飄舞。」這種情趣，只有隱居廬山的白居易獲得了。

清姿如臥雲餐雪，天地盡愧其塵汙；
雅致如蘊玉含珠，日月轉嫌其洩露。

譯文：

清逸的丰姿如同身臥白雲、食用白雪，天地都會為自己有塵汙而羞愧；高雅的韻致如同蘊含明珠、涵藏美玉，日月反而嫌棄自己洩露了光芒。

茶取色臭俱佳，行家偏嫌味苦；
香須沖淡為雅，幽人最忌煙濃。

譯文：

品茶要取色味皆佳才好，行家偏嫌棄味道過於苦澀，焚香要沖和淡泊才雅致，幽隱之人最忌諱煙氣太濃。

朱明之候，綠陰滿林，科頭散髮，
箕踞白眼，坐長松下，蕭騷[1]流觴，
正是宜人疏散之場。

注釋：

① 蕭騷：形容風吹樹木的聲音。

譯文：

夏季之時，綠蔭滿林，不戴冠帽，披散頭髮，白眼對俗人，隨意伸開腿坐在高高的松樹下，聽風吹木葉，眾人曲水流觴，歡樂飲酒，正是宜人閒散的場合。

讀書夜坐，鐘聲遠聞，梵響相和，
從林端來，灑灑窗几上，
化作天籟[1]虛無矣。

注釋：

①天籟：自然界的音響。

譯文：

讀書夜坐，聽遠處鐘聲與誦經聲相和，彷彿從林端飄來，連綿不絕落在窗上、几案上，終又化作了天籟之音歸於虛無。

語鳥名花，供四時之嘯詠；

清泉白石，成一世之幽懷。

譯文：

會說話的鳥與知名好花，可供四季嘯歌吟詠。清泉與白石，則能成全一生幽隱的情懷。

或夕陽籬落，或明月簾櫳①，

或雨夜聯榻，或竹下傳觴，

或青山當戶，或白雲可庭。

於斯時也，把臂促膝，相知幾人，

謔語雄談，快心千古。

注釋：

① 簾櫳：窗簾和窗牖。也泛指門窗的簾子。

譯文：

或是夕陽籬落，或是明月入簾，或是雨夜並榻，或是竹下傳杯，或是青山當作門戶，或是白雲當作庭院，當此之時，交臂促膝，幾個相知，戲語雄談，真可謂是千古快意事。

疏簾清簟，銷白晝唯有棋聲①；
幽徑柴門，印蒼苔只容屐齒②。

注釋：

① 疏簾二句：化用杜甫〈七月一日題終明府水樓〉：「楚江巫峽半雲雨，清簟疏簾看弈棋。」

② 幽徑二句：化用葉紹翁〈遊園不值〉：「應憐屐齒印蒼苔，小扣柴扉久不開。」

譯文：

稀疏的竹簾，清涼的蓆子，度過長長的白天，只聽到下棋的聲音；幽靜的小徑，簡陋的柴門，在蒼苔上留腳印，只容下木屐的痕跡。

落花慵掃，留襯蒼苔，
村釀新芻，取燒紅葉。

譯文：落花懶掃，留著映襯蒼苔；村酒新濾，燃燒紅葉溫之。

落落者難合，一合便不可分；
欣欣者易親，乍親忽然成怨。
故君子之處世也，寧風霜自挾，無魚鳥親人。

譯文：孤高的人難結交，一結交就不可分離；笑媚的人容易親近，暫時親近忽然就會變作怨懟。所以，君子立身處世，寧願在風霜中自我堅持，也不像魚鳥那樣親附別人。

生平願無恙者四：
一曰青山，一曰故人，一曰藏書，一曰名草。

譯文：

平生希望四樣事物安然無恙：青山、故人、藏書、名草。

聞暖語如挾纊，聞冷語如飲冰，
聞重語如負山，聞危語如壓卵，
聞溫語如佩玉，聞益語如贈金。

譯文：

聽到溫暖的話如同披上棉衣，聽到冷言冷語如同飲下冰水，聽到沉重言語如同背負大山，聽到危險言語如同踩壓雞蛋，聽到溫和的話如同佩戴美玉，聽到有益的話如同受贈黃金。

旦起理花，午窗剪葉，或截草作字，
夜臥讖[1]罪，令一日風流蕭散之過，
不致墮落。

注釋：

①讖：通「懺」。懺悔。

譯文：

早起打理花草，午間在窗邊修剪葉子，有時在截下的草葉上寫字，夜裡躺臥反省自身，反思這一天的風流蕭散過錯，不至於墮落。

卷八 奇

我輩寂處窗下，視一切人世，俱若蠛蠓嬰媿①，不堪寓目。而有一奇文怪說，目數行下，便狂呼叫絕，令人喜，令人怒，更令人悲，低徊數過，床頭短劍亦嗚嗚作龍虎吟，便覺人世一切不平，俱付煙水。集奇第八。

注釋：

①蠛蠓嬰媿：蠛蠓，小蟲。嬰，纏繞。媿，同「醜」。按：「嬰媿」諸本解釋不同，譯文取其通順。

譯文：

我們這樣的人寂寞地守在自己的窗下，視人間一切，都像是小飛蟲纏繞著醜陋的東西在撲騰，不值入目。而一旦有一則奇文、一種怪說，讀下幾行，便會狂喊稱絕，令人喜悅，令人憤怒，更令人悲哀，心中多次縈繞迴盪，床頭短劍也發出嗚嗚的龍虎之吟。這時，就覺得人世間的一切不平事，都交付給了蒼茫煙水。

呂聖功之不問朝士名①，
張師亮之不發竊器奴②，
韓稚圭之不易持燭兵③，
不獨雅量過人，正是用世高手。

注釋：

①呂聖公句：司馬光《涑水記聞》卷二：「呂蒙正相公不喜記人過。初參知政事，入朝堂，有朝士於簾內指之曰：『是小子亦參政邪？』蒙正佯為不聞而過之。其同列怒之，令詰其官位姓名，蒙正遽止之。罷朝，同列猶不能平，悔不窮問，蒙正曰：『若一知其姓名，則終身不能復忘，固不如毋知也。且不問之，何損？』時皆服其量。」呂蒙正，字聖功，北宋名臣。

②張師亮句：明代鄭瑄《昨非庵日纂》：「張文定公齊賢，以右拾遺為江南轉運使。一日家宴，一奴竊銀器數事於懷中，文定自簾下熟視不問爾。後齊賢為宰相，門下厮役往往侍班行，而此奴竟不沾祿。奴乘間再拜而告曰：『某事相公最久，凡後於某者皆得官矣。相公獨遺某，何也？』因泣下不止。文定憫然語曰：『我欲不言，爾乃怨我。爾憶江南日盜吾銀器數事乎？我懷之三十年不以告人，雖爾亦不知也。吾備位宰相，進退百官，志在激濁揚清，敢以盜賊薦耶？念汝事吾日久，今予汝錢三百千，汝其去吾門下，自擇所安。蓋吾既發汝平昔之

事，汝其有愧於吾而不可復留也。』奴震駭，泣拜而去。」張齊賢，字師亮，北宋名臣。

③ 韓稚圭句：宋代劉斧《青瑣高議》：「（韓）公帥定武時，嘗夜作書，令一兵持燭於旁。兵他顧，燭燃公鬚。公遽以袖摩之，而作書如故。少頃，間視，則已易其人矣。公恐主吏笞之，亟呼視之，曰：『勿較。渠已解持燭矣。』軍中咸服其度量。」韓琦，字稚圭，北宋名臣，封魏國公。

譯文：

呂蒙正不追問嘲笑他的朝廷官員的名字，張齊賢不揭發偷盜他銀器的奴僕，韓琦不更換持燭燃了他鬍鬚的兵士，他們不僅度量過人，也是處世高手。

花看水影，竹看月影，美人看簾影。

譯文：

花要看其水中影，竹要看其月下影，美人要看其簾內朦朧影。

君子不傲人以不如，不疑人以不肖。

譯文：

君子不因為別人不如自己而驕傲，不因為別人不成材就懷疑人。

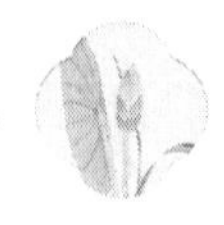

讀諸葛武侯[①]《出師表》而不墮淚者，
其人必不忠；
讀韓退之〈祭十二郎文〉而不墮淚者，
其人必不友[②]。

注釋：

① 諸葛武侯：諸葛亮死後，劉禪追封其為忠武侯。

② 讀韓退之二句：韓愈，字退之。〈祭十二郎文〉為其祭奠姪子的文章。友：親近相愛，古代多用於兄弟之間，也可泛用於親人之間。

譯文：

讀諸葛亮的《出師表》而不流淚，這人必然不忠於國家；讀韓愈的〈祭十二郎文〉而不流淚，這人必然不親愛家人。

世味非不濃豔，可以淡然處之，
獨天下之偉人與奇物，
幸一見之，自不覺魄動心驚。

📖 譯文：

世間滋味不是不濃厚炫麗，可用淡然的態度來應對。唯獨天下的偉大人物與奇異事物，有幸見到，就覺得驚心動魄。

道上紅塵，江中白浪，饒他南面百城①；
花間明月，松下涼風，輸我北窗一枕。

📖 注釋：

① 南面百城：居王侯之高位而擁有廣大的土地。舊時用來形容統治者的尊榮富有。

📖 譯文：

仕途上紅塵蔽目，慾海中浪濤滾滾，儘管坐擁榮華富貴又有何寶貴？花叢中明月朗照，長松下涼風習習，最愛的還是北窗下高枕無憂。

瀑布天落，其噴也珠，其瀉也練，其響也琴。

📖 譯文：

瀑布從天而落，噴濺的泡沫如同珠玉，傾瀉的水流如同白練，悠揚的響聲如同琴音。

石怪常疑虎，雲閒卻類僧。

譯文：

石頭怪異，常疑是虎；白雲悠閒，恰似高僧。

識盡世間好人，讀盡世間好書，看盡世間好山水。

譯文：

人生當有如下願望：識盡世間好人，讀盡世間好書，看盡世間好山水。

舌頭無骨，得言句之總持；眼裡有筋，具遊戲之三昧。

譯文：

舌頭柔軟無骨，卻是言辭語句的總管；眼睛中有筋脈，能識破人間遊戲的奧妙。

當場傀儡，還我為之；大地眾生，任渠笑罵。

譯文：

當場木偶，由我操縱；大地眾生，任他笑罵。

三徙成名，笑范蠡碌碌浮生，
縱扁舟忘卻五湖風月①；
一朝解綬，羨淵明飄飄遺世，
命巾車歸來滿架琴書②。

注釋：

①三徙三句：《史記．越王勾踐世家》：「故范蠡三徙，成名於天下。」三徙，當指范蠡生命中的三次重要決定。扁舟：《史記．越王勾踐世家》：「（范蠡）乃裝其輕寶珠玉，自與其私徒屬乘舟浮海以行，終不反。」五湖風月：傳說范蠡曾攜西施歸隱五湖。

②一朝三句：用陶淵明辭官還鄉事，詳見《晉書．陶潛傳》。綬：一種絲質帶子，古代常用來拴在印紐上。巾車：指有帷幕的車子。陶淵明〈歸去來辭〉：「或命巾車，或棹孤舟。」

譯文：

三次遷徙而成名，笑嘆范蠡勞碌一生，縱任扁舟渡海，忘卻了五湖風月；一朝解除官印，羨慕淵明飄逸出世，命令整車出發，歸來享滿架琴書。

一勺水，便具四海水味，世法[①]不必盡嘗；
千江月，總是一輪月光，心珠[②]宜當獨朗。

注釋：

①世法：對出世法而言，佛教把世間一切生滅無常的事物都叫做世法。

②心珠：佛教語。喻指清淨如明珠的心性。

譯文：

一勺水，便具備四海之水的味道，萬物滋味不必都去品嘗；千江月，總是一輪明月在照耀，心中寶珠應當獨自朗照。

愁非一種，春愁則天愁地愁；
怨有千般，閨怨則人怨鬼怨。
天懶雲沉，雨昏花蹙，法界[①]豈少愁雲；
石頹山瘦，水枯木落，大地覺多窘況。

注釋：

①法界：佛教語。通常泛稱各種事物的現象及其本質。此處泛指天地。

譯文：

愁不只一種，春愁就是天愁地愁；怨有千般，閨怨就是人怨鬼怨。天慵懶雲低沉，雨昏昏花皺眉，天地間豈少愁雲；石頹喪山消瘦，水枯乾木落葉，大地也覺得困窘。

於琴得道機，於棋得兵機，
於卦得神機，於藥得仙機。

譯文：

在琴聲中獲得道法機要，在棋局中獲得用兵機謀，在算卦中獲得神靈啟示，在丹藥中獲得成仙機緣。

相禪遐思唐虞，戰爭大笑楚漢。
夢中蕉鹿[1]猶真，覺後蓴鱸一幻。

注釋：

①蕉鹿：《列子·周穆王》：「鄭人有薪於野者，遇駭鹿，御而擊之，斃之。恐人見之也，遽而藏諸隍中，覆之以蕉，不勝其喜。俄而遺其所藏之處，遂以為夢焉。」後用「蕉鹿」指夢幻。

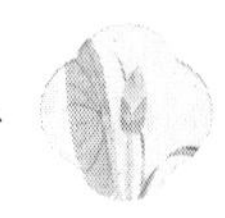

譯文：

遙思唐堯與虞舜先後禪讓，大笑當年項羽、劉邦楚漢相爭，夢中把鹿藏在芭蕉中彷彿就是真的，醒來發現對故鄉風物的思念彷彿是幻覺。

世界極於大千①，不知大千之外更有何物；天宮極於非想②，不知非想之上畢竟何窮。

注釋：

①大千：大千世界，佛教語，「三千大千世界」的省稱，後指廣闊無邊的世界。

②非想：指非想非非想處天，佛教語。《婆娑論》：「無色界中有四天：一名空處天，二名識處天，三名無所有處天，四名非想非非想處天。」此天沒有欲望與物質，僅有微妙的思想。

譯文：

世界的極致是大千世界，不知大千之外還有什麼事物；天宮最高處是非想非非想處天，不知在那之上到底哪裡才是盡頭。

千載奇逢，無如好書良友；

一生清福，只在茗碗爐煙。

📖 **譯文：**千年才有的奇遇，不如好書良友；一生安享的清福，只在茶碗爐煙。

豔出浦之輕蓮，麗穿波之半月。

📖 **譯文：**嬌豔如同水邊輕盈的蓮花，清麗如同波光中搖曳的半月。

雲氣恍堆窗裡岫，絕勝看山；
泉聲疑瀉竹間樽，賢於對酒。

📖 **譯文：**白雲彷彿在窗外堆積成峰巒，遠勝過看山；泉水聲彷彿傾瀉進了竹間的酒樽中，比飲酒更妙。

湖山之佳，無如清曉春時。
常乘月至館，景生殘夜，水映岑樓，

而翠黛臨階，吹流衣袂，鶯聲鳥韻，催起哄然。
披衣步林中，則曙光薄戶，
明霞射几，輕風微散，海旭乍來。
見沿堤春草霏霏，明媚如織，遠岫朗潤出沐，
長江浩渺無涯，嵐光晴氣，
舒展不一，大是奇絕。

譯文：

湖山美景，沒有比春天清晨更好的了。常常趁著月光到館舍，夜將盡了，清水倒映著高樓，綠黑樹影爬上臺階，風吹衣袖，鶯聲鳥韻，哄鬧著催人起床。披衣林中散步，只見曙光透入窗戶，明霞照射著几案，輕風微微吹著，海上旭日初昇。沿著堤岸，春草萋萋，明媚如織，遠山朗潤如剛出浴。長江浩渺無涯，山間雲霧在日光中舒展不一，大為奇異。

心無機事，案有好書，
飽食晏眠，時清體健，
此是上界真人。

譯文：

心中沒有機巧之事，案頭擺著好書，飽食安睡，時節清和，身體強健，真可說是仙界真人。

讀《春秋》，在人事上見天理；
讀《周易》，在天理上見人事。

譯文：

讀《春秋》，從人事上悟見天理；讀《周易》，從天理上參悟人事。

烈士須一劍，則芙蓉赤精①，
亦不惜千金構②之；
士人唯寸管，映日干雲之器，
那得不重價相索？

注釋：

① 芙蓉：芙蓉劍，漢代袁康《越絕書·外傳記寶劍》載越王勾踐有寶劍名純鈞，相劍者薛燭以「手振拂，揚其華，捽如芙蓉始出」。後用「芙蓉」指利劍。赤精：漢高祖劉邦，史稱「赤精子」，此或指其斬蛇起義之劍。

②構：通「購」。

📖譯文：英雄要有一口好劍，像芙蓉赤精這樣的寶劍，不惜花費千金也要購求。讀書人只能依靠毛筆，能凌雲映日的好筆，怎能不花大價錢去尋索？

哄日吐霞，吞河漱月，氣開地震，聲動天發。①

📖注釋：①本條採自南齊張融〈海賦〉。

📖譯文：大海哄擁著紅日吐出朝霞，吞進河流漱洗明月，氣勢宏偉大地震動，巨大聲響轟動天空。

議論先輩，畢竟沒學問之人；

獎惜後生，定然關世道之寄。

譯文：

議論前輩，畢竟是個沒學問的人；提攜後生，必然關乎世風的好壞。

儒有一畝之宮，自不妨草茅下賤；
士無三寸之舌，何用此土木形骸。

譯文：

讀書人有一畝方圓的住宅，不妨就在草野中安於低賤；士人如果沒有三寸不爛之舌，哪裡用得上這一副土塊木頭般的身體？

鵬為羽傑，鯤稱介豪，
翼遮半天，背負重霄。①

注釋：

①羽：鳥類的代稱。介：有甲殼的蟲類或水族。本段化自《莊子·逍遙遊》：「北冥有魚，其名為鯤。鯤之大，不知其幾千里也。化而為鳥，其名為鵬。鵬之背，不知其幾千里也。怒而飛，其翼若垂天之雲。」

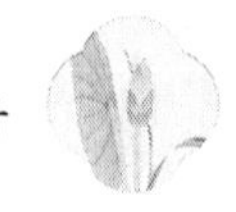

譯文： 大鵬是飛鳥中的豪傑，鯤是有鱗片物類中的豪傑，鯤化為鵬，翅膀可遮住半天，背上能負起九霄。

問近日講章①孰佳，坐一塊蒲團自佳；
問吾儕②嚴師孰尊，對一枝紅燭自尊。

注釋：

①講章：此處指講解經書的講義。

②吾儕：我輩。

譯文： 問近來經書講義誰的最好，坐一塊蒲團自然就好；問我輩哪位嚴師最應尊敬，對一枝紅燭自應尊敬。

古之釣也，以聖賢為竿，
道德為綸，仁義為鉤，利祿為餌，
四海為池，萬民為魚。

釣道微矣，非聖人其孰能察之？

譯文：

古人垂釣，用聖賢作釣竿，用道德作釣絲，用仁義作釣鉤，用利祿作釣餌，把四海當作池塘，把萬民當作魚。釣魚之道多麼精微！不是聖人，誰能明察這番道理？

浮雲回度，開月影而彎環；

驟雨橫飛，挾星精①而搖動。

注釋：

①星精：星之靈氣。

譯文：

浮雲來回飄蕩，透出彎彎的月影；暴雨四處橫飛，彷彿挾持著星星搖動。

翻光倒影，擢菡萏於湖中；

舒豔騰輝，攢螮蝀①於天畔。

照永珍於晴初，散寥天於日餘。②

注釋：

①螮蝀：虹的別名。

②本條採自唐代韋充〈餘霞散成綺賦〉。

譯文：

晚霞翻光倒影，將湖中的荷花捉住搖動；舒豔騰輝，在天邊積聚出彩虹。於雨後初晴之時映照永珍，在夕陽西下時分塗抹長空。

卷九 綺

朱樓綠幕，笑語勾別座之香，越舞吳歌，巧舌吐蓮花之豔。此身如在怨臉愁眉、紅妝翠袖之間，若遠若近，為之黯然。嗟乎！又何怪乎身當其際者，擁玉床之翠而心迷，聽伶人之奏而隕涕乎？集綺第九。

譯文：

紅色樓臺綠色簾幕，笑語招引了別座的美人；越地舞姿吳地歌喉，巧舌吐音如蓮花般美豔。此身如在怨臉愁眉、紅妝翠袖之間，如遠又如近，讓人黯然魂消。啊呀，又何必奇怪身處此情此境，擁著玉床上的玉人而心醉神迷，聽著樂師的演奏而黯然落淚呢？

瞻碧雲之黯黯，覓神女其何蹤；
睹明月之娟娟，問嫦娥而不應。

譯文：

遠望碧空黯淡的雲彩，尋覓神女蹤跡卻在何處；眼觀明淨柔美的月亮，詢問嫦娥消息無人回應。

妝臺正對書樓，隔池有影；
繡戶相通綺戶，望眼多情。

譯文：
女子妝臺正對書生小樓，隔著池塘形影相對；佳人閨房相通雕花門戶，彼此相望眉目多情。

春透水波明，寒峭花枝瘦。
極目煙中百尺樓，人在樓中否？

譯文：
春水澄透波浪明淨，但天氣仍然寒冷，枝頭的花苞還顯消瘦。極目遠望風煙中百尺的高樓，那人是否在樓上？

鳥語聽其澀時，憐嬌情之未囀；
蟬聲聞已斷處，愁孤節之漸消。

譯文：

鳥語要聽牠還有些滯澀時，愛憐牠的嗓音嬌美卻還未圓囀。蟬聲要聽牠快要停止的時候，為牠孤高的節奏快要消止而發愁。

李後主宮人秋水[1]，喜簪異花，芳香拂髻鬟，常有粉蝶聚其間，撲之不去。

注釋：

① 秋水：宮人名。

譯文：

南唐後主李煜的宮女秋水，喜歡插異花在頭上，芳香拂著髮髻髮鬟，常有粉蝶聚集，輕輕撲打都不離去。

昔人有花中十友：

桂為仙友，蓮為淨友，梅為清友，菊為逸友，

海棠名友，荼蘼韻友，瑞香殊友，芝蘭芳友，

臘梅奇友，梔子禪友。

昔人有禽中五客：

鷗為閒客，鶴為仙客，鷺為雪客，孔雀南客，

鸚鵡隴[1]客。

會花鳥之情，真是天趣活潑。

注釋：

① 隴：山名，綿延於甘肅、陝西交界的地方，指今甘肅省一帶。

譯文：

昔人以為花中有十友：桂為仙逸友，蓮為清淨友，梅為清高友，菊為隱逸友，海棠為知名友，荼蘼為風韻友，瑞香為殊異友，芝蘭為芳香友，蠟梅為清奇友，梔子為禪意友。昔人以為禽鳥中有五客：鷗為清閒客，鶴為升仙客，鷺為白雪客，孔雀為南方客，鸚鵡為隴地客。領會花鳥之情，真是天趣活潑。

木香盛開，把杯獨坐其下，

遙令青奴吹笛，止留一小奚侍酒，

才少斟酌便退，立迎春架後。

📖 **譯文：**
木香花盛開，把杯獨坐其下，遙遙令青衣奴僕吹笛，只留下一個小男童侍酒，稍微斟酒便讓他退開，立在迎春花架後等候。

花看半開，酒飲微醉。

📖 **譯文：**
花只看半開，酒當飲微醉。

夜來月下臥醒，花影零亂，滿人襟袖，疑如濯魄於冰壺。

📖 **譯文：**
夜來在月下睡醒，花影零亂，鋪滿人襟袖，彷彿在冰壺中洗滌魂魄一般。

新調初裁，歌兒持板待韻①；
闔題②方啟，佳人捧硯濡毫。
絕世風流，當場豪舉。

注釋：

①待韻：指文人分韻賦詩。

②鬮題：文人透過抓鬮確定詩歌題目進行現場創作。

譯文：

新的曲調剛剛裁製好，歌童拿著歌板，等待著分韻詩成；拈鬮的題目剛打開，佳人捧著硯臺，濡溼筆毫隨時遞送。真是絕世風流聚會，當場豪情之舉。

野花豔目，不必牡丹；
村酒醉人，何須綠蟻。

譯文：

野花就香豔奪目，不一定非要牡丹；村中酒便能醉人，何必一定要綠蟻美酒？

石鼓池邊，小草無名可鬥；①
板橋柳外，飛花有陣堪題。

注釋：

①小草句：此句涉及的是一種古代遊戲鬥百草，即競採花草，比賽多寡優劣，常在端午舉行。

譯文：

石鼓池邊，小草無名，但可採來相鬥；板橋柳外，飛花成陣，盡可作文題詩。

高樓對月，鄰女秋砧；
古寺聞鐘，山僧曉梵。

譯文：

高樓對月，鄰女秋夜敲砧；古寺聞鐘，山寺清曉誦經。

古人養筆以硫黃酒，養紙以芙蓉粉，
養硯以文綾蓋，養墨以豹皮囊。[①]
小齋何暇及此！
唯有時書以養筆，時磨以養墨，
時洗以養硯，時舒卷以養紙。

注釋：

① 古人四句：引自馮贄《雲仙雜記·養硯墨紙筆》。

譯文： 古人用硫黃酒養護筆，用芙蓉粉養護紙，用文綾蓋養護硯，用豹皮囊養護墨。我小小的書齋哪能顧及這些，只有時時書寫以養筆，時時磨研以養墨，時時清洗以養硯，時時舒展捲起以養紙了。

芭蕉近日則易枯，迎風則易破。
小院背陰，半掩竹窗，分外青翠。

譯文： 芭蕉，陽光太猛就易乾枯，風吹太強就易破裂。種在小院背陰處，任其遮掩半扇竹窗，特別青翠。

淺翠嬌青，籠煙惹溼。
清可漱齒，曲可流觴。

譯文： 樹林淺翠嬌青，籠煙惹溼。流水清可漱齒，曲可流觴。

風開柳眼，露浥桃腮，黃鸝呼春，
青鳥送雨，海棠嫩紫，芍藥嫣紅，
宜其春也。
碧荷鑄錢，綠柳繅絲，龍孫[1]脫殼，
鳩婦[2]喚晴，雨釀黃梅，日蒸綠李，
宜其夏也。
槐陰未斷，雁信初來，秋英無言，
曉露欲結，蓐收[3]避席，青女[4]辦妝，
宜其秋也。
桂子風高，蘆花月老，溪毛碧瘦，
山骨蒼寒，千巖見梅，一雪欲臘，
宜其冬也。

注釋：

①龍孫：筍的別稱。

②鳩婦：指雌鳩。歐陽修〈鳴鳩〉詩：「天將陰，鳴鳩逐婦鳴中林，鳩婦怒啼無好音。天雨

止，鳩呼婦歸鳴且喜，婦不亟歸呼不已。」

③蓐收：古代傳說中的西方神名，掌管秋季。

④青女：傳說中掌管霜雪的女神。

譯文：

風吹開了柳眼，露沾溼了桃腮，黃鸝呼叫著春天，青鳥送走了春雨，海棠嫩紫，芍藥嫣紅，這是春之美景。碧綠的荷葉像是銅錢，綠柳如絲，新筍脫殼，雌鳩呼喚晴天，雨水釀熟了黃梅，日光蒸香綠李，這是夏之美景。槐樹樹蔭未盡，大雁剛開始飛來，秋花凋落無言，晨露即將凝結，掌管秋天的神將要離去，掌管霜雪的女神已在梳妝要出場，這是秋之美景。桂花在風中飄香，蘆花在月下變老，溪邊的野菜綠瘦，山中岩石蒼涼寒冷，千處巖上梅花盛放，一場大雪就將進入臘月，這是冬之美景。

風翻貝葉，絕勝北闕除書①；

水滴蓮花，何似華清宮漏②。

注釋：

①北闕：古代宮殿北面的門樓，是臣子等候朝見或上書奏事之處，也用為宮禁或朝廷的別

稱。除書：拜官授職的文書。

②蓮花：蓮花漏，古代的一種計時器。唐代李肇《唐國史補》卷中：「初，惠遠以山中不知更漏，乃取銅葉製器，狀如蓮花，置盆水之上，底孔漏水，半之則沉。每晝夜十二沉，為行道之節，雖冬夏短長，雲陰月黑，亦無差也。」華清宮：唐宮殿名。

譯文：

風翻過一頁頁佛經，遠勝朝廷封官文書。水從寺中蓮花漏中點滴墜落，與華清宮中滴漏也沒什麼不同。

花顏飄渺，欺樹裡之春風；
銀焰熒煌，卻城頭之曉色。

譯文：

花容朦朧，勝似樹間春風；銀燭輝煌，直壓城頭曉色。

美豐儀人，如三春新柳，濯濯風前。

譯文：

風度儀表優美的人，如同春天的新柳，在風中明淨清朗。

梅花舒兩歲之裝，柏葉[①]泛三光之酒。

飄颻餘雪，入簫管以成歌；

皎潔輕冰，對蟾光而寫鏡。

注釋：

①柏葉：指柏葉酒，柏葉浸製的酒。古代風俗，在元旦飲柏葉酒，寓祝壽、避邪之意。

譯文：

新舊兩歲交替時節，梅花輕輕換了裝扮，祝壽避邪的柏葉酒中，泛著日月星的光芒。飄蕩的餘雪，落入簫管就成了歌；皎潔的輕冰，月下晶瑩如夢似幻。

香吹梅渚千峰雪，清映冰壺百尺簾。

譯文：

梅洲上梅花飄香，如同千峰白雪。月宮中清光對映，如垂百尺珠簾。

繞夢落花消雨色，一尊芳草送晴曛。

譯文：

夢境中落花飄蕩，消解了雨色。芳草前一尊美酒，送別了夕陽。

爭春開宴，罷來花有嘆聲；

水國談經，聽去魚多樂意。

譯文：

好春時開設宴席，宴散時花有嘆聲。水面上談說經義，靜聽著魚也安樂。

無端淚下，三更山月老猿啼；

驀地嬌來，一月泥香新燕語。

譯文：

無故落淚，三更老猿明月下悲啼；驀然嬌媚，一月新燕香泥中絮語。

燕子剛來，春光惹恨；

雁臣甫聚①，秋思慘人。

注釋：

①雁臣：大雁。甫：才。

譯文：

燕子剛來，滿目春光惹起多少憾恨；鴻雁才聚，一懷秋思包含多少哀愁。

韓嫣金彈，誤了飢寒人多少奔馳①；

潘岳果車，增了少年人多少顏色。

注釋：

①韓嫣二句：《西京雜記》：「韓嫣好彈。常以金為丸，所失者日有十餘。長安為之語曰：『苦飢寒。逐金丸。』京師兒童，每聞嫣出彈，輒隨之望丸之所落輒拾焉。」

②潘岳二句：用潘岳貌美之典。《世說新語‧容止》：「潘岳妙有姿容，好神情。少時挾彈出洛陽道，婦人遇者，莫不連手共縈之。左太沖絕醜，亦復效岳遊遨，於是群嫗齊共亂唾之，委頓而返。」劉孝標注引《語林》：「潘安仁至美，每行，老嫗以果擲之，滿車。張孟陽至醜，每行，小兒以瓦石投之，亦滿車。」

譯文：

韓嫣射獵的金彈，耽誤飢寒之人許多追逐；潘岳受讚的果車，增添了青春少年多少顏色。

春歸何處，街頭愁殺賣花；
客落他鄉，河畔生憎折柳。

譯文：

春歸何處，街頭賣花聲最讓人發愁；客居異鄉，河畔折柳事最叫人憎惡。

論到高華，但說黃金能結客；
看來薄倖，非關紅袖懶撩人。

譯文：

談論到高貴顯要，只說黃金才能結交賓客；看來就是薄倖人，並非美人懶於理會撩撥。

同氣之求，唯刺平原[1]於錦繡；
同聲之應，徒鑄子期[2]以黃金。

注釋：

①平原：指戰國平原君，以善於招攬門客知名。

②子期：指鍾子期，知名典故高山流水的主角之一。

譯文：

覓求知己，只能將平原君的畫像刺在錦繡上；尋找知音，只能將鍾子期的像用黃金來鑄造。

胸中不平之氣，說倩山禽；
世上叵測之機，藏之煙柳。

譯文：

胸中不平之氣，只是說給山禽；世上難測玄機，全都藏於煙柳。

論聲之韻者，
日溪聲、澗聲、竹聲、松聲、山禽聲、
幽壑聲、芭蕉雨聲、落花聲，
皆天地之清籟，詩壇之鼓吹也。

然銷魂之聽，當以賣花聲為第一。

譯文：

談及聲音中最有韻味的，溪流聲、澗水聲、竹林聲、松風聲、山禽聲、幽壑聲、雨打芭蕉聲、落花之聲，都是天地的清響、詩壇的樂曲。然而，最銷魂的，還是要以賣花聲為第一。

石上酒花①，幾片溼雲凝夜色；
松間人語，數聲宿鳥動朝喧。

注釋：

①酒花：浮在酒面上的泡沫，此處指酒。

譯文：

石上飲酒，幾片溼冷的烏雲凝結著夜色；松間說話，幾聲歸巢的鳥鳴攪起了晨間的喧囂。

媚字極韻，但出以清致，則窈窕俱見風神；
附以妖嬈，則做作畢露醜態。
如芙蓉媚秋水，綠筱媚清漣①，方不著跡。

注釋：

①綠筱句：出自謝靈運的〈過始寧墅〉。

譯文：

「媚」這個字極有韻味，如果還具備清美的情致，就會嫻靜中全是風神；如果只是與妖嬈相附，就會顯得做作而醜態畢露。要像荷花在秋水中嬌媚，綠竹在清波邊秀媚，這才不露痕跡。

情詞之嫻美，《西廂》以後，
無如《玉合》《紫釵》《牡丹亭》三傳，
置之案頭，可以挽文思之枯澀，收神情之懶散。

譯文：

要論情詞的文雅優美，王實甫的《西廂記》以後，沒有比梅鼎祚的《玉合記》、湯顯祖的《紫釵記》和《牡丹亭》更好的。將它們放在案頭，可以挽救枯澀的文思，收束懶散的神情。

俊石貴有畫意，老樹貴有禪意，
韻士貴有酒意，美人貴有詩意。

譯文：

美石貴有畫意，老樹貴有禪意，雅士貴有酒意，美人貴有詩意。

銷魂之音，絲竹不如著肉。
然而風月山水間，別有清魂銷於清響，
即子晉之笙，湘靈之瑟，
董雙成之雲璈[1]，猶屬下乘。
嬌歌豔曲，不益混亂耳根？

注釋：

① 雲璈：雲鑼，打擊樂器。

譯文：

銷魂的聲音，樂器演奏不如口中歌唱，然而山水風月之間，另有能讓清魂適意的清響，即使是仙人王子喬吹笙，湘水之神彈瑟，仙女董雙成奏雲璈，都還只是下乘。一般的嬌歌豔曲，不更是擾亂了耳朵？

酒有難懸之色，花有獨蘊之香。以此想紅顏媚骨，便可得之特別。

譯文：酒有難想像的色彩，花蘊含著獨特的香味，照此去想紅顏媚骨，就能從獨特的風格認識特別的美人。

花抽珠漸落，珠懸花更生。風來香轉散，風度焰還輕。①

注釋：①本條採自梁元帝蕭繹〈對燭賦〉。

譯文：燭花燃起，蠟淚漸滴，新淚還懸掛著時，新的燭花又生出來。風來時，燭香飄散，風吹過，燭焰又輕盈閃耀了。

紛廣庭之靃靡，隱重廊之窈窕①。

青陸至而鶯啼，朱陽升而花笑[2]。紫蒂紅蕤[3]，玉蕊蒼枝。[4]

注釋：

①靃靡：草木茂密。窈窕：深邃。

②青陸：即青道，日月執行到東方天空的那一段軌跡叫青道。《漢書‧天文志》：「青道二，出黃道東。立春、春分，月東從青道。」也用作春天的代稱。朱陽：太陽。

③紅蕤：紅花。蕤，草木花下垂貌。

④本條採自唐代盧照鄰〈雙槿樹賦〉。

譯文：

寬闊庭院中兩株槿樹枝繁葉茂，掩映下重重長廊更其深邃。春天來時黃鶯嬌啼，紅日昇起花朵綻笑。紫色花蒂捧著紅花，還有如玉的花苞在青色樹枝上等待著要開放。

卷十　豪

今世矩視尺步之輩，與夫守株待兔之流，是不束縛而阱者也。宇宙寥寥，求一豪者，安得哉？家徒四壁，一擲千金，豪之膽；興酣落筆，潑墨千言，豪之才；我才必用，黃金復來[①]，豪之識。夫豪既不可得，而後世倜儻之士，或以一言一字寫其不平，又安與沉沉故紙同為銷沒乎？集豪第十。

注釋：

①我才二句：語本李白〈將進酒〉：「天生我材必有用，黃金散盡還復來。」

譯文：

當今規行矩步之輩，守株待兔之流，都是不受束縛就已自入陷阱的人。宇宙空闊，要尋求一個豪放者，哪裡能有？家徒四壁，一擲千金，這是豪放的膽氣；興酣落筆，潑墨千言，這是豪放的才情；天生我才必有用，黃金散盡還復來，這是豪放的見識。豪放既已不可得，後世也還有風流倜儻之士，或許有一言一字寫出了心中的不平，又怎能讓這些文字與沉沉的故紙堆一起消失呢？

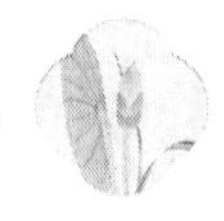

桃花馬上春衫，少年俠氣；
貝葉齋中夜衲，老去禪心。

譯文：
桃花馬上，春衫晃眼，少年俠氣逼人；誦經室中，僧衣黯淡，老者禪心空寂。

慷慨之氣，龍泉[1]知我；
憂煎之思，毛穎[2]解人。

注釋：
①龍泉：寶劍名。
②毛穎：毛筆的別稱。因為唐代韓愈寫作《毛穎傳》用毛筆擬人，而有此稱呼。

譯文：
慷慨不平之俠氣，龍泉劍當知我；憂憤煎熬之思緒，毛筆君能懂人。

綠酒但傾，何妨易醉；
黃金既散，何論復來[1]。

注釋：

① 黃金二句：用李白〈將進酒〉詩意。

譯文：

美酒只管盡情暢飲，還管什麼容易沉醉？黃金既是已經散盡，還說什麼又會到來？

詩酒興將殘，剩卻樓頭幾明月；
登臨情不已，平分江上半青山。

譯文：

詩情酒趣興致將殘，剩餘樓頭幾分明月；登山臨水情不能已，分了江上一半青山。

深居遠俗，尚愁移山有文①；
縱飲達旦，猶笑醉鄉無記②。

注釋：

① 移山有文：南朝齊孔稚珪作〈北山移文〉嘲諷假隱士，藉山之口吻對假隱居者口誅筆伐。

② 醉鄉無記：唐代王績曾作〈醉鄉記〉，虛構了一個「醉鄉」。

譯文：

幽居遠離俗世，尚且憂愁有人作文趕我出去；縱飲直至天明，還是笑稱醉鄉虛有無人作記。

藜床半穿，管寧真吾師乎①；
軒冕必顧，華歆洵非友也②。

注釋：

① 藜床二句：《高士傳》：「黃初中，華歆薦寧，寧知公孫淵必亂，乃因徵辭還，以為太中大夫，固辭不就。寧凡徵命十至，輿服四賜，常坐一木榻上，積五十五年未嘗箕踞。榻上當膝皆穿，常著布裙貉裘，唯祠先人，乃著舊布單衣加首絮巾。」庾信〈小園賦〉：「管寧藜床，雖穿而可座。」

② 軒冕二句：《世說新語．德行》：「管寧、華歆共園中鋤菜，見地有片金，管揮鋤與瓦石不異，華捉而擲去之。又嘗同席讀書，有乘軒冕過門者，寧讀如故，歆廢書出看。寧割席分坐，曰：『子非吾友也！』」軒冕：古時大夫以上官員的車乘和冕服。

譯文：

藜木床榻半邊坐穿，管寧果真是我的老師啊；高官經過就去觀瞧，華歆確實不是我的朋友。

吐虹霓之氣者，貴挾風霜之色；
依日月之光者，毋懷雨露之私。

譯文：

能口吐彩虹之氣的才子，貴在有風霜自守的節操；依靠日月之光取暖的人，不要懷沐浴恩澤的私心。

聞雞起舞，劉琨其壯士之雄心乎[1]；
聞箏起舞，迦葉其開士之素心乎[2]？

注釋：

①聞雞二句：《晉書．祖逖傳》：「（祖逖）與司空劉琨俱為司州主簿，情好綢繆，共被同寢。中夜聞荒雞鳴，蹴琨覺曰：『此非惡聲也。』因起舞。」

②聞箏二句：《大樹緊那羅王所問經》載：緊那羅（佛教音樂神）鼓琴。迦葉等都不能自持，起而舞蹈。迦葉：佛祖弟子。開士：菩薩的異名。後用作對僧人的敬稱。

譯文： 聞雞起舞，劉琨有的是壯士的雄心吧；聞箏起舞，迦葉有的是菩薩的淨心吧。

友遍天下英傑之士，讀盡人間未見之書。

譯文： 交遍天下英傑之士，讀盡人間未見之書。

讀書倦時須看劍，英發之氣不磨；
作文苦際可歌詩，鬱結之懷隨暢。

譯文： 讀書疲倦之時要看劍，英傑豪氣才不會消磨；作文苦楚之際可詠詩，鬱結心情將隨之舒暢。

交友須帶三分俠氣，作人要存一點素心。

譯文： 交友須要帶三分豪俠之氣，做人要存留一點純潔之心。

深山窮谷，能老經濟才猷；
絕壑斷崖，難隱靈文奇字。

📖譯文：
深山窮谷，能使可經世濟民的才人智士老朽；深谷斷崖，難隱藏那些靈秀奇巧的文字。

肝膽煦若春風，雖囊乏一文，還憐煢獨；
氣骨清如秋水，縱家徒四壁，終傲王侯。

📖譯文：
真心誠意如同春風般和煦，即使囊中無錢，還是同情孤苦；氣概風骨如秋水般清高，縱然家徒四壁，終究傲視王侯。

世事不堪評，掩卷神遊千古上；
塵氛應可卻，閉門心在萬山中。

📖譯文：
世事已糟糕得無法評說，掩卷時神遊千古之上；俗事應當可置之不管，閉門後心在萬山之中。

負心滿天地，辜他一片熱腸；
戀態自古今，懸此兩隻冷眼。

譯文：

負心之人充塞天地，辜負他人一片熱心；眷戀之態古今皆有，懸起我這兩隻冷眼。

龍津一劍[①]，尚作合於風雷。
胸中數萬甲兵[②]，寧終老於牖下。

注釋：

①龍津一劍：《晉書·張華傳》載，張華派雷煥到豫章豐城尋劍，得龍泉、太阿兩口寶劍。「煥以南昌西山北巖下土以拭劍，光芒豔發。大盆盛水，置劍其上，視之者精芒炫目。遣使送一劍並土與華，留一自佩。或謂煥曰：『得兩送一，張公豈可欺乎？』煥曰：『本朝將亂，張公當受其禍。此劍當係徐君墓樹耳。靈異之物，終當化去，不永為人服也。』華得劍，寶愛之，常置坐側。華以南昌土不如華陰赤土，報煥書曰：『詳觀劍文，乃干將也，莫邪何復不至？雖然，天生神物，終當合耳。』因以華陰土一斤致煥。煥更以拭劍，倍益精明。華誅，失劍所在。煥卒，子華為州從事，持劍行經延平津，劍忽於

腰間躍出墮水，使人沒水取之，不見劍，但見兩龍各長數丈，蟠縈有文章，沒者懼而反。須臾光彩照水，波浪驚沸，於是失劍。華嘆曰：『先君化去之言，張公終合之論，此其驗乎！』」

②胸中句：《五朝名臣言行錄》卷七注引《名臣傳》：「仲淹領延安，閱兵選將，日夕訓練……夏人聞之，相戒曰：『無以延州為意，今小范老子腹中自有數萬兵甲，不比大范老子可欺也。』」大范指范雍，小范指范仲淹。

譯文：

自行沉入水中的寶劍，尚且能與龍作起的風雷相合。胸中有包羅數萬兵馬的謀略，卻寧願終老孤窗之下。

英雄未展之雄圖，假糟丘①為霸業；

風流不盡之餘韻，托花谷為深山。

注釋：

①糟丘：積糟成丘，極言釀酒之多。

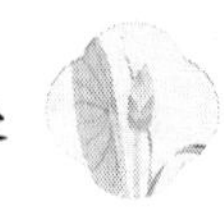

譯文：

英雄未能施展宏圖，藉助沉醉酒國來成就霸業；風流人物餘韻不盡，託身花谷當作歸隱深山。

大丈夫居世，生當封侯，死當廟食①。不然，閒居可以養志，詩書足以自娛。

注釋：

①廟食：指死後立廟，受人供奉祭祀。

譯文：

大丈夫立身於世，生當封侯，死當立廟受祭。不然，閒居可以養攝志氣，詩書足以自娛。

榮枯得喪，天意安排，浮雲過太虛也；用舍行藏①，吾心鎮定，砥柱在中流②乎？

注釋：

①用舍行藏：《論語．述而》：「子謂顏淵曰：『用之則行，舍之則藏，唯我與爾有是夫。』」

指被任用就行其道，不被任用就退隱。

②砥柱在中流：砥柱，山名，在河南三門峽東，屹立於黃河激流中（今已炸毀），後用「中流砥柱」比喻發揮支柱作用的人或事物。

譯文：

通達窮困，或是得到失去，都是天意安排，當視同浮雲掠過天空；用我則行道，不用則藏隱，我心保持鎮定，就如同砥柱穩立中流。

曹曾[①]積石為倉以藏書，名曹氏石倉。

注釋：

①曹曾：東漢藏書家。

譯文：

東漢曹曾疊石為倉來藏書，名為「曹氏石倉」。

丈夫須有遠圖，眼孔如輪，可怪處堂燕雀[①]；

豪傑寧無壯志，風稜[②]似鐵，不憂當道豺狼[③]。

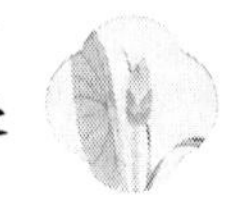

注釋：

①處堂燕雀：《藝文類聚》卷九二引《呂氏春秋》：「燕雀處一屋之下，子母相哺，呴呴然其相樂也，自以為安矣。竈突決，火上，棟宇將焚，燕雀顏色不變，不知禍將及也。」後以「處堂燕雀」比喻居安忘危的人。

②風稜：風骨。指剛正不阿的品格。

③當道豺狼：比喻掌握國政大權的暴虐奸佞之人。

譯文：

大丈夫要有遠略，眼孔如輪大，可輕視那些居安忘危之輩；真豪傑豈無壯志，風骨似鐵硬，不必憂怕掌權的凶惡之人。

雲長香火，千載遍於華夷[①]；
坡老[②]姓字，至今口於婦孺。
意氣精神，不可磨滅。

注釋：

①雲長二句：雲長指三國蜀漢名將關羽，字雲長，以忠義知名。宋代以後，他的事蹟漸被

渲染神化，尊為「關公」、「關帝」，廟宇遍天下。華夷：指漢族與少數民族。

②坡老：指蘇東坡。

譯文：

關雲長享用的香火，千載遍布中華大地；蘇東坡的姓名字號，至今流傳婦幼之口。可見志氣精神，不能磨滅。

登高眺遠，弔古尋幽，
廣胸中之丘壑，遊物外之文章。

譯文：

登高眺遠，懷古尋幽，擴展胸中之丘壑，遊覽世外之文章。

雪齋①清境，發於夢想。
此間但有荒山大江，修竹古木。
每飲村酒後，曳杖放腳，
不知遠近，亦曠然天真。

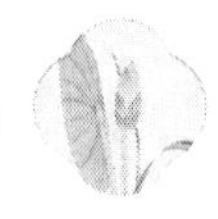

注釋：

①本條採自蘇軾〈與言上人書〉。言上人為東坡在杭州任通判時所交之高僧，法號法言。雪齋：秦少游〈雪齋記〉：「雪齋者，杭州法惠院言師之所居室之東軒也。」

譯文：

蘇軾在給言上人的信中說：您雪齋的清雅境界，我常常在夢中見到。我現居住的地方只有荒山大江，修竹古木。常常在飲了村酒後，拄杖放足前行，不知遠近，也別是一種曠達天真。

胡宗憲①讀《漢書》，至終軍請纓事②，乃起拍案曰：「男兒雙腳當從此處插入，其他皆狼藉耳！」

注釋：

①胡宗憲：明代大臣。

②終軍請纓事：《漢書．終軍傳》載：「南越與漢和親，乃遣軍使南越，說其王，欲令入朝，比內諸侯。軍自請：『願受長纓，必羈南越王而致之闕下。』軍遂往說越王，越王聽許，請舉國內屬。」後以請纓指自告奮勇請求報國。

譯文：胡宗憲讀《漢書》，讀到終軍請纓報國之事，就起身拍案說：「男兒雙腳應當從此處插入，其他的都糟亂不值一提！」

吾有目有足，山川風月，吾所能到，
我便是山川風月主人。

譯文：我有眼有腳，山川風月，我能到的地方，我便是山川風月的主人。

立言者，未必即成千古之業，
吾取其有千古之心；
好客者，未必即盡四海之交，
吾取其有四海之願。

譯文：著書立說之人，未必能成就千古的事業，我讚賞他有千古之心；喜好待客之人，未必能窮盡四海的交遊，我讚賞他有四海之願。

懸榻待賢士[①]，豈日交情已乎；
投轄留好賓[②]，不過酒興而已。

注釋：

①懸榻句：《後漢書·徐稚傳》：「蕃（陳蕃）在郡不接賓客，唯稚來特設一榻，去則縣（懸）之。」後以懸榻喻禮待賢士。

②投轄句：《漢書·陳遵傳》：「遵耆（嗜）酒，每大飲，賓客滿堂，輒關門，取客車轄投井中，雖有急，終不得去。」轄，車軸兩端的鍵。後用投轄指殷勤留客。

譯文：

懸起床榻等待賢士，難道只是朋友交情而已嗎？拔掉車轄款留好客，不過是增添喝酒的興致罷了。

才以氣雄，品由心定。

譯文：

才華因為氣勢而雄放，品格透過心性來確立。

為文而欲一世之人好，吾悲其為文；
為人而欲一世之人好，吾悲其為人。

📖 **譯文：**
作文而希望一世的人都喜歡，我同情他這樣的作文態度；做人而希望一世的人都喜歡，我同情他這樣的做人態度。

胸中無三萬卷書，眼中無天下奇山川，
未必能文。
縱能，亦無豪傑語耳。

📖 **譯文：**
胸中沒有三萬卷書，眼中沒有天下奇異山川，未必能作文章。即使能，也寫不出豪傑之語。

孟宗[①]少遊學，其母製十二幅[②]被，
以招賢士共臥，庶得聞君子之言。

注釋：

①孟宗：三國江夏人，後官居吳國司空。

②幅：布帛的寬度。古制一幅為二尺二寸。

譯文：

孟宗少年遊學，他的母親縫製了十二幅大的被子，目的是招來貧窮而有才德的士子同臥，希望他可以多聽到君子之言。

張煙霧於海際，耀光景於河渚；

乘天梁而皓蕩①，叩帝閽而延佇②。

注釋：

①天梁：星名。皓蕩：廣闊無邊貌。

②帝閽：天門，天帝的宮門。

譯文：

在海邊揚起煙霧，在沙洲上閃耀光影，乘著天梁星漫遊廣闊的天空，叩叫天門而久久站立。

聲譽可盡，江天不可盡；
丹青可窮，山色不可窮。

譯文：

聲譽會消亡，江天不會消亡；圖畫可窮盡，山色不可窮盡。

每從白門①歸，見江山逶迤，草木蒼鬱。
人常言佳，我覺是別離人腸中一段酸楚氣耳。

注釋：

① 白門：中國江蘇省南京市的別名。東吳、東晉及南朝宋、齊、梁、陳都以南京為都城，南京正南門為宣陽門，俗稱白門。所以白門也用來代稱南京。

譯文：

每每從白門歸來，見到江山連綿，草木蒼鬱，別人總說好，我卻覺得是離別之人心中的一段酸楚之氣。

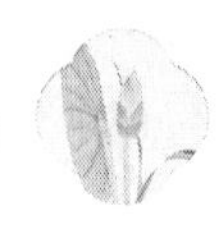

天下無不虛之山，唯虛故高而易峻；
天下無不實之水，唯實故流而不竭。

譯文：
天下沒有不虛的山，正因為虛，所以高聳而陡峻；天下沒有不實的水，正因為實，所以長流而不衰竭。

放不出憎人面孔，落在酒杯；
丟不下憐世心腸，寄之詩句。

譯文：
擺不出憎人的面孔，付之酒杯；丟不下憐世的心腸，寄之詩句。

春到十千美酒①，為花洗妝②；
夜來一片名香，與月燻魄。

注釋：
① 十千美酒：三國魏曹植〈名都篇〉詩：「我歸宴平樂，美酒斗十千。」十千美酒，極言

貴重。

②為花洗妝：唐代馮贄《雲仙雜記》：「洛陽梨花時，人多攜酒其下，日為梨花洗妝。」

📖 譯文：

春天到了，帶上名貴的美酒，為梨花梳妝；夜晚來時，點燃一片名香，為月亮燻魄。

飛禽鎩翮，猶愛惜乎羽毛①；
志士捐生，終不忘乎老驥②。

📖 注釋：

①飛禽二句：《世說新語・言語》：「支公好鶴，住剡東岇山。有人遺其雙鶴，少時翅長欲飛。支意惜之，乃鎩其翮。鶴軒翥不復能飛，乃反顧翅，垂頭。視之，如有懊喪意。林曰：『既有凌霄之姿，何肯為人作耳目近玩？』養令翮成，置使飛去。」鎩翮：剪除羽翅。

②老驥：曹操〈步出夏門行・龜雖壽〉：「老驥伏櫪，志在千里。烈士暮年，壯心不已。」驥：駿馬，喻傑出人才。

📖 譯文：

飛禽羽翅摧折，還是愛惜羽毛；志士捨棄生命，終不遺忘壯志。

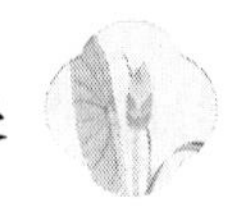

勇於世上放開眼，不向人間浪皺眉。

譯文： 勇於放開眼看待世事，不輕易皺眉面對人間。

飄渺孤鴻，影來窗際，開戶從之，明月入懷，花枝零亂，朗吟楓落吳江①之句，令人悽絕。

注釋：

①楓落吳江：「楓落吳江冷」，唐代崔信明詩句。

譯文： 隱約的孤鴻，影子飄來窗際，我開門跟隨，明月入懷，花枝零亂，高聲吟誦「楓落吳江冷」之詩句，備感悽清。

三春花鳥猶堪賞，千古文章只自知。
文章自是堪千古，花鳥三春只幾時。①

注釋：

① 本條採自袁宏道〈狂言讀卓吾南池詩〉，前兩句為李贄〈南池〉詩中句。

譯文：

春天的花鳥還值得賞玩，千古文章只能自己知解。文章本就能流傳千古，春天花鳥只不過能存在幾時。

李太白云：

「天生我才必有用，黃金散盡還復來。」①

杜少陵云：

「一生性僻耽佳句，語不驚人死不休。」②

豪傑不可不解此語。

注釋：

① 李詩原為：「天生我材必有用，千金散盡還復來。」

② 杜詩原為：「為人性癖耽佳句，語不驚人死不休。」

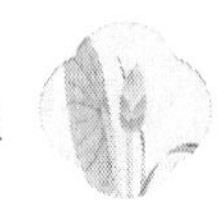

📖 **譯文：**

李太白詩云：「天生我才必有用，黃金散盡還復來。」杜少陵詩云：「一生性僻耽佳句，語不驚人死不休。」豪傑不可不理解這幾句詩。

諧友於天倫之外，元章呼石為兄[①]；
奔走於世途之中，莊生喻塵以馬[②]。

📖 **注釋：**

①元章句：用米芾拜石事，《宋史．米芾傳》：「（米芾）所為譎異，時有可傳笑者。無為州治有巨石，狀奇醜，芾見大喜曰：『此足以當吾拜！』具衣冠拜之，呼之為兄。」米芾字元章，宋代著名書畫家。

②莊生句：《莊子．逍遙遊》：「野馬也，塵埃也，生物之以息相吹也。」原文指空中游氣、游塵皆由風相吹而動，此條中借指塵世。

📖 **譯文：**

交友於倫常之外，米芾參拜石頭為兄長；奔走於世途之中，莊子比喻塵世為野馬。

得意不必人知，興來書自聖；

縱口何關世議，醉後語猶顛。

📖 譯文：

得意不必讓人知道，興致來書法自覺超妙；縱談哪管他人議論，酒醉後話語依舊顛狂。

英雄尚不肯以一身受天公之顛倒①，

吾輩奈何以一身受世人之提掇②？

是堪指髮③，未可低眉。

📖 注釋：

① 顛倒：翻覆，控制。

② 提掇：提拉，此指牽制。

③ 指髮：髮上指冠，形容憤怒。

📖 譯文：

英雄尚且不肯讓自身受天公的控制，我們為什麼讓自身受世人的牽制？應當心懷憤怒，不可低眉順目。

能為世必不可少之人，能為人必不可及之事，則庶幾此生不虛。

譯文：

能成為世上必不可少的人，能做別人必然不可及的事，那這一生大概就不虛度了。

兒女情，英雄氣，並行不悖；或柔腸，或俠骨，總是吾徒。

譯文：

兒女柔情，英雄豪氣，可並行不悖；或柔腸百結，或俠骨剛強，總是同道。

上馬橫槊，下馬作賦，自是英雄本色[①]；熟讀《離騷》，痛飲濁酒，果然名士風流[②]。

注釋：

① 上馬二句：《南齊書·垣榮祖傳》：「榮祖曰：『昔曹操、曹丕上馬橫槊，下馬談論，此於

天下可不負飲食矣。』」橫槊：橫持長矛，指從軍或習武。

②熟讀二句：用王孝伯語，《世說新語．任誕》：「王孝伯言：『名士不必須奇才，但使常得無事，痛飲酒，熟讀《離騷》，便可稱名士。』」晉朝王恭，字孝伯。

譯文：

上馬橫矛，下馬作賦，自是英雄本色；熟讀《離騷》，痛飲濁酒，果然名士風流。

我輩腹中之氣，亦不可少，要不必用耳。

若蜜口，真婦人事哉。

譯文：

我輩心中豪氣，必不可少，只是不一定使用。至於口蜜腹劍，那真是婦人的事情了。

辦大事者，匪獨以意氣勝，蓋亦其智略絕也，

故負氣雄行，力足以折公侯，出奇制算，

事足以駭耳目。

如此人者，俱千古矣。

嗟嗟！今世徒虛語耳。

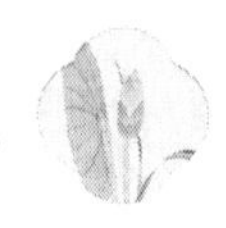

譯文：

做大事的人，不僅是意氣勝人，也因為其人智略超絕，故而仗氣猛行，力量足以挫敗公侯，出奇制勝，行事足以驚人耳目。像這樣的人，都已作古。啊呀！當今的人只是說虛言罷了。

說劍談兵，今生恨少封侯骨；
登高對酒，此日休吟烈士歌。

譯文：

說劍談兵，今生遺憾缺少封侯的骨相；登高對酒，此日休要吟唱英雄的悲歌。

先達笑彈冠，休向侯門輕曳裾；
相知猶按劍，莫從世路暗投珠。①

注釋：

①本條化用王維〈酌酒與裴迪〉詩：「酌酒與君君自寬，人情翻覆似波瀾。白首相知猶按劍，朱門先達笑彈冠。草色全經細雨溼，花枝欲動春風寒。世事浮云何足問，不如高臥且加餐。」

譯文：

先做官的人會嘲笑後來準備做官的人，不要輕易拖著衣襟投靠王侯門第；相知之人還會按劍發怒，不要在世俗之路上明珠暗投。

卷十一　法

自方袍幅巾[①]之態，遍滿天下，而超脫穎絕之士，遂以同污合流矯之，而世道已不古矣。夫迂腐者，既泥於法，而超脫者，又越於法，然則士君子亦不偏不倚，期無所泥越則已矣，何必方袍幅巾，作此迂態耶！集法第十一。

注釋：

①方袍幅巾：宋明以來道學先生打扮。

譯文：

自從方袍幅巾的道學先生遍布天下，高超脫俗聰穎絕倫的人就用同流合汙的態度來迎合這種情形了，這樣一來世道更是不復有古風了。迂腐的人，拘泥於禮法；超脫的人，又踰越了禮法。士君子應不偏不倚，期望能不拘泥、不踰越即可，何必一定要方袍幅巾，做出一副迂腐的姿態呢！

凡事留不盡之意則機圓，
凡物留不盡之意則用裕，
凡情留不盡之意則味深，
凡言留不盡之意則致遠，
凡興留不盡之意則趣多，
凡才留不盡之意則神滿。

譯文：

但凡事留不盡之意則機變圓暢，物留不盡之意則用度寬裕，情留不盡之意則情味深長，言留不盡之意則情致悠遠，興留不盡之意則意趣良多，才留不盡之意則精神充盈。

有世法，有世緣，有世情。①
緣非情，則易斷；
情非法，則易流。

注釋：

① 世法：世人的典範，社會沿用的習慣常規。世緣：俗緣，人世間事。世情：世俗之情。

譯文：

有人世法則，有俗世因緣，有世態人情。因緣不符合人情，就容易斷絕；人情不符合法則，就容易流於放縱。

世多理所難必之事，莫執宋人道學[1]；

世多情所難通之事，莫說晉人風流[2]。

注釋：

① 宋人道學：宋代儒家周敦頤、張載、程顥、程頤、朱熹等的哲學思想。亦稱理學。

② 晉人風流：指魏晉士人崇尚個性的思想與行為。

譯文：

世上有許多道理難以斷定的事，不要一味堅持宋人的道學；世上有許多性情難以通達的事，不要總是效仿晉人的風流。

少年人要心忙，忙則攝浮氣；

老年人要心閒，閒則樂餘年。

譯文：
少年人心要忙碌，忙碌就能收攝虛浮之氣；老年人心要悠閒，悠閒就能樂享人生餘年。

才智英敏者，宜以學問攝其躁；
氣節激昂者，當以德性融其偏。

譯文：
才智敏捷的人，應用學問收攝他的浮躁；氣節激昂的人，當用德性融和他的偏激。

何以下達，唯有飾非；
何以上達，無如改過。①

注釋：
① 本條語本《論語·憲問》：「君子上達，小人下達。」邢昺疏：「言君子達於德義，小人達於財利。」

譯文：
如何向下通達財利？只有文過飾非；如何向上通達德義？最好改過自新。

一點不忍的念頭，是生民生物之根芽；
一段不為的氣象，是撐天撐地之柱石。

譯文：

一點不忍棄置的念頭，是仁民愛物的根芽；一種有所不為的氣度，是頂天立地的柱石。

君子對青天而懼，聞雷霆而不驚；
履平地而恐，涉風波而不疑。

譯文：

君子面對青天感到憂懼，聽聞雷霆就不會驚怕；踏足平地感到憂恐，涉足風波就不會驚疑。

不可乘喜而輕諾，不可因醉而生嗔，
不可乘快而多事，不可因倦而鮮終。

譯文：

不可趁著歡喜而輕易許諾，不可因為醉酒而生出嗔怒，不可趁著快意而多生事端，不可因為疲倦而有始無終。

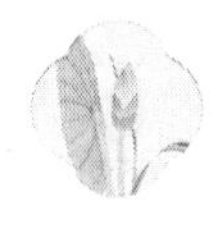

芳樹不用買，韶光貧可支。

譯文：
好花木不用錢買，好時光窮也能支。

士君子貧不能濟物者，遇人痴迷處，出一言提醒之，遇人急難處，出一言解救之，亦是無量功德。

譯文：
君子貧窮不能助人，如果遇到別人迷惑時，說一句話去提醒他；遇到別人急難時，說一句話去解救他，這也是功德無量。

救既敗之事者，如馭臨崖之馬，休輕策一鞭；圖垂成之功者，如挽上灘之舟，莫少停一棹。

譯文：
挽救已經失敗的事情，要像駕馭懸崖邊的馬，不要再輕打一鞭；圖謀將要成功的事情，如同牽挽要上灘的船，不能稍微停一槳。

禮義廉恥，可以律己，不可以繩人。
律己則寡過，繩人則寡合。

譯文：禮義廉恥，可以約束自己，不可以要求別人。約束自己就能減少過錯，要求別人就會難以投合。

覺人之詐，不形於言；
受人之侮，不動於色。
此中有無窮意味，亦有無窮受用。

譯文：察覺了別人的偽詐，卻並不表露於言語；受了他人的侮辱，卻並不改變神色。這其中有無窮的意味，也有無窮的益處。

爵位不宜太盛，太盛則危；

能事不宜盡畢，盡畢則衰。

譯文：

爵號官位不宜太高，太高就危險；擅長的事不宜都做，都做就會失敗。

憂勤是美德，太苦則無以適性怡情；

淡泊是高風，太枯則無以濟人利物。

譯文：

憂苦勤勞是美德，若太苦就不能適性怡情；淡泊是高尚風操，但太枯燥就不能助人利物。

作人要脫俗，不可存一矯俗①之心；

應世要隨時，不可起一趨時之念。

注釋：

①矯俗：刻意違俗立異。

譯文：

做人要脫俗，不能存著刻意違背世俗的心思；應對世事要隨順時事，不能興起迎合時世的念頭。

才人國士，既負不群之才，定負不羈之行，
是以才稍壓眾則忌心生，行稍違時則側目至。
死後聲名，空譽墓中之骸骨；
窮途潦倒，誰憐宮外之蛾眉。

譯文：

國中傑出的人才，既然身負卓越的才能，一定有不拘禮法的行為，所以才華稍微壓過眾人就會遭受忌妒，行為稍微違背時俗就引來仇視。死亡後聲名大振，徒然讚譽墓中無知的骸骨；困境中窮困潦倒，誰會憐惜年老被遣出宮的美人？

君子處身，寧人負己，己無負人；
小人處事，寧己負人，無人負己。

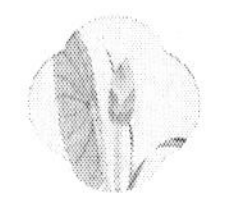

譯文：君子立身處世，寧願別人辜負自己，自己不願辜負別人；小人應對世事，寧願自己辜負別人，不願別人辜負自己。

禍莫大於縱己之欲，惡莫大於言人之非。

譯文：災禍沒有比放縱自己的欲望更大的，罪惡沒有比談論別人的是非更大的。

求見知於人世易，求真知於自己難；

求粉飾於耳目易，求無愧於隱微難。

譯文：想要世人知道自己很容易，想要自己真正理解自己很難。追求讓人覺得正派容易，追求在隱約細微處無愧於心很難。

聖人之言，

須常將來眼頭過，口頭轉，心頭運。

譯文：聖人的話，要常常拿來眼中看，口中誦，心中運用。

與其巧持於末，不若拙戒於初。

譯文：與其事後才巧妙把持，不如起初就愚拙戒備。

君子有三惜：

此生不學，一可惜；

此日閒過，二可惜；

此身一敗，三可惜。

譯文：君子有三種可惜：此生不學，一可惜；此日閒過，二可惜；此身一次敗德，三可惜。

士大夫三日不讀書，則禮義不交，

便覺面目可憎，語言無味。

譯文：士大夫三日不讀書，禮義就不會在心中交會，就覺得面目可憎，語言無味。

與其密面交[1]，不若親諒友；
與其施新恩，不若還舊債。

注釋：

①面交：非真心相交的朋友。

譯文：與其親密地與不真心的朋友往來，不如親近誠信的朋友；與其給人新的恩惠，不如償還舊債。

恩重難酬，名高難稱。

譯文：恩情太重，難以報償；名聲太高，難以相稱。

處心不可著，著則偏；

作事不可盡，盡則窮。

譯文：居心不可執著，執著就容易偏激；做事不能做絕，做絕就會陷入困境。

靜坐然後知平日之氣浮，
守默然後知平日之言躁，
省事然後知平日之費閒，
閉戶然後知平日之交濫，
寡欲然後知平日之病多，
近情然後知平日之念刻。

譯文：靜坐才知道平日心氣浮躁，保持沉默才知道平日話多，減少事務才知道平日浪費閒暇，關門閉戶才知道平日交友不慎，減少欲望才知道平日貪病良多，近於情理才知道平日念頭刻薄。

喜時之言多失信，怒時之言多失體。

📖 譯文：

喜悅時的話常常失信於人，憤怒時的話常常有失體統。

泛交則多費，多費則多營，多營則多求，多求則多辱。

📖 譯文：

結交廣泛就會耗費多，耗費多就謀劃多，謀劃多就請求多，請求多屈辱就多。

一字不可輕與人，一言不可輕語人，一笑不可輕假人。

📖 譯文：

一個字不可輕易許諾人，一句話不可輕易告訴人，一個笑容不可輕易給予人。

正以處心，廉以律己，忠以事君，

恭以事長，信以接物，寬以待下，

敬以治事，此居官之七要也。

譯文：

用正道存心，用廉潔律己，用忠心事奉君主，用恭敬事奉長輩，用誠信對待他人，用寬和對待下屬，用肅敬處理政務，這是做官的七條要訣。

青天白日，和風慶雲[1]，

不特人多喜色，即鳥鵲且有好音。

若暴風怒雨，疾雷閃電，鳥亦投林，人皆閉戶。

故君子以太和元氣為主。

注釋：

①慶雲：五色雲，古人當作喜慶、吉祥之氣。

譯文：

青天白日，和風祥雲，不僅人容易喜悅，鳥鵲也會欣喜鳴叫。若是狂風暴雨，疾雷閃電，鳥就會歸林，人也都閉門。所以，君子要保持根本的平和之氣。

胸中落「意氣」[1]兩字，則交遊定不得力；落「騷雅」[2]二字，則讀書定不得深心。

注釋：

①意氣：志向、氣概、志趣、情誼等。

②騷雅：《離騷》與《詩經》中〈大雅〉、〈小雅〉的並稱，常借指詩歌傳統、詩歌精神。還可指詩文上的才能、風流儒雅。

譯文：

胸中沒有「意氣」二字，交遊一定不得力；沒有「騷雅」二字，讀書一定讀不出深意。

死讀書不問貴賤貧富老少，觀書一卷，則有一卷之益；觀書一日，則有一日之益。

譯文：

只有書籍不管貴賤、貧富、老少，讀一卷書，就有一卷的益處；讀一日書，就有一日的益處。

好醜不可太明，議論不可務盡，
情勢不可殫竭，好惡不可驟施。

譯文：對事物的好醜不要判斷得太分明，議論不要陷於絕對，對情勢的掌控不要不留餘地，喜好或厭惡不要突然顯露無餘。

開口譏誚人，是輕薄第一件，
不唯喪德，亦足喪身。

譯文：開口譏諷別人，是最淺薄的行為，不只喪失品德，也足以喪失生命。

人之恩可念不可忘，人之仇可忘不可念。

譯文：對別人的恩情，可記念不可遺忘；與別人的仇怨，可遺忘不可記念。

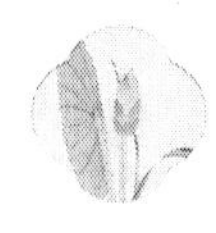

不能受言者，不可輕與一言，此是善交法。

📖 **譯文：**

不能聽取意見的人，不可輕易向他進言，這是善於交往的辦法。

我能容人，人在我範圍，報之在我，不報在我；人若容我，我在人範圍，不報不知，報之不知。自重者然後人重，人輕者由我自輕。

📖 **譯文：**

我能寬容別人，別人在我的界限內，回報由我，不回報由我；別人如果寬容我，我在別人的界限內，他不回報我我不知，回報了我也不知。我自重別人才會尊重我，別人輕視我是因為我不自重。

性不可縱，怒不可留，語不可激，飲不可過。

譯文：性情不可放縱，怒氣不可保留，言語不可偏激，飲酒不可過量。

能輕富貴，不能輕一輕富貴之心；
能重名義，又復重一重名義之念。
是事境之塵氛未掃，而心境之芥蒂未忘。
此處拔除不淨，恐石去而草復生矣。

譯文：能輕視富貴，卻不能減輕輕視富貴之心；能重視名聲道義，又加重了留戀名聲道義的念頭。這都是對俗事的雜念沒有掃除，心境上的堵塞還沒有疏通。如果根源上拔除不乾淨，恐怕石頭搬走，雜草還會再生。

紛擾固溺志之場，而枯寂亦槁心之地。
故學者當棲心玄默，以寧吾真體；
亦當適志恬愉，以養吾圓機。

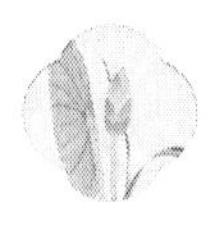

譯文：

俗世紛擾固然是沉溺心志的所在，而枯乾死寂也是讓人憔悴的心境。所以學者要棲心於清靜，以便讓本真安寧；也需要舒適愉悅，以保養自己的圓融氣機。

昨日之非不可留，留之則根燼復萌，
而塵情終累乎理趣；
今日之是不可執，執之則渣滓未化，
而理趣反轉為欲根。

譯文：

昨日的過錯不可殘留，殘留就會死灰復燃，而俗情終究會牽累義理情趣；今日的正確不可執著，執著就會殘存渣滓，而義趣反而會轉成欲望根因。

市私恩①，不如扶公議；結新知，不如敦舊好；
立榮名，不如種隱德；尚奇節，不如謹庸行。

注釋：

① 市私恩：以私人恩惠取悅於人。買好，討好。

譯文：

以私人恩惠討好別人，不如扶持公議；結交新的知己，不如加厚舊的交情；樹立顯榮的名聲，不如播種不為人知的恩德；崇尚奇特的節操，不如小心注意平常的行為。

有一念而犯鬼神之忌，一言而傷天地之和，一事而釀子孫之禍者，最宜切戒。

譯文：

有可能一個念頭就會觸犯鬼神的忌諱，一句話就會損傷天地的沖和，一件事就會釀成子孫的災禍，這些最應引以為戒。

不實心，不成事；不虛心，不知事。

譯文：

不真心實意，不能成事；不虛心學習，不能通曉事理。

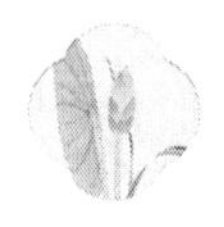

入心處咫尺玄門[1]，得意時千古快事。

注釋：

①入心句：《世說新語．言語》：「劉尹與桓宣武共聽講《禮記》。桓云：『時有入心處，便覺咫尺玄門。』」

譯文：

會心之處，咫尺便入高遠境界；得意之時，如做千古快意之事。

書是同人[1]，每讀一篇，自覺寢食有味；
佛為老友，但窺半偈[2]，轉思前境真空。

注釋：

①同人：志同道合的朋友。②偈：佛經中的唱頌詞。通常以四句為一偈。

譯文：

書是同道，每讀一篇，就覺得寢息飲食更有味道；佛為老友，只看半偈，就想從前境界真是虛空。

天地俱不醒，落得昏沉醉夢；
洪濛率是客，枉尋寥廓主人。

譯文：
天地間都不清醒，我也就昏昏沉沉醉生夢死；宇宙中都是過客，不必尋虛空世界誰是主人。

近以靜事而約己，遠以惜福而延生。

譯文：
眼前要用安靜少事來約束自己，長遠要用珍惜福分來延養生命。

國家用人，猶農家積粟。
粟積於豐年，乃可濟飢；
才儲於平時，乃可濟用。

譯文：
國家用人，如同農家積蓄糧食。在豐年積蓄糧食，才能在荒年救飢；在平時儲備人才，在需要的時候才有人可用。

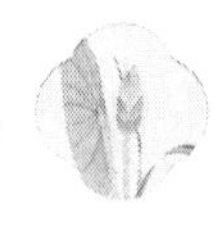

考人品，要在五倫①上見。
此處得，則小過不足疵；
此處失，則眾長不足錄。

注釋：

①五倫：五倫是古代社會關係的核心。舊指君臣、父子、兄弟、夫妻、朋友之間五種倫理關係。也稱五常。

譯文：

考察人品，要從君臣、父子、兄弟、夫妻、朋友這五種最重要的倫理關係上判斷。在這上面人品好，其他的小過錯可以不計較；在這上面有虧缺，其他有再多長處也不值得稱讚。

志不可一日墜，心不可一日放。

譯文：

志向一天也不能喪失，心意一天也不能放縱。

辯不如訥，語不如默，
動不如靜，忙不如閒。

譯文：

善辯不如木訥，說話不如沉默，行動不如安靜，忙碌不如閒適。

酒能亂性，佛家戒之；酒能養氣，仙家飲之。余於無酒時學佛，有酒時學仙。

譯文：

酒能亂性，佛家要戒它；酒能養氣，仙家要飲它。我在無酒時學佛，有酒時學仙。

卷十二 倩

倩[1]不可多得，美人有其韻，名花有其致，青山綠水有其豐標。外則山臞[2]韻士，當情景相會之時，偶出一語，亦莫不盡其韻，極其致，領略其豐標，可以啟名花之笑，可以佐美人之歌，可以發山水之清音，而又何可多得！集倩第十二。

注釋：

① 倩：美好。

② 臞：臞儒，清瘦儒士，含有隱居不仕的意味。語本《漢書·司馬相如傳下》：「相如以為列仙之儒居山澤間，形容甚臞，此非帝王之仙意也。」

譯文：

美好事物不可多得，美人有其風韻，名花有其情致，青山綠水有其豐儀。此外，山中清瘦的隱者、風韻高絕的逸士，當情景相會之時，偶然說出一語，也沒有不盡美人之韻、極名花之致、領略到青山綠水之豐儀的，可以讓名花開笑，可以伴美人作歌，可以讓山水之清音更為悅耳，而又怎能多得！

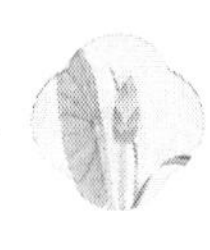

會心處，自有濠濮間想，無可親人魚鳥[①]；偃臥時，便是羲皇上人，何必夏月涼風[②]。

注釋：

①會心三句：語出《世說新語．言語》：「簡文入華林園，顧謂左右曰：『會心處不必在遠。翳然林水，便自有濠濮間想也。覺鳥獸禽魚，自來親人。』」濠濮間想：《莊子》裡記載有莊子與惠子同遊濠梁之上（見前注）和莊子垂釣濮水的故事。後世用「濠濮間想」指逍遙無為的行為、思緒。

②偃臥三句：語出陶淵明〈與子儼等疏〉：「少學琴書，偶愛閒靜，開卷有得，便欣然忘食。見樹木交蔭，時鳥變聲，亦復歡然有喜。常言五六月中，北窗下臥，遇涼風暫至，自謂是羲皇上人。」

譯文：

會心之處，自然會有莊子在濠水濮水間的逍遙之想，不必非要有親近人的魚鳥。高臥之時，便是那伏羲氏前的上古自在人，何必一定要夏天明月、秋日涼風？

一軒[①]明月，花影參差，席地偏宜小酌；十里青山，鳥聲斷續，尋春幾度長吟。

注釋：

① 軒：有窗戶的長廊。

譯文：

一廊明月，花影參差，席地而坐最宜小酌；十里青山，鳥聲斷續，尋賞春光幾度長吟。

焚香看書，人事都盡，隔簾花落，松梢月上，鐘聲忽度，推窗仰視，河漢流雲，大勝晝時。非有洗心滌慮，得意爻象①之表者，不可獨契此語。

注釋：

① 爻象：《周易》中六爻相交成卦所表示的事物形象。

譯文：

焚香看書，人事都拋開不管，隔簾有花飄落，月上松樹梢頭，鐘聲忽然傳來，推窗仰視，就見彩雲在銀河飄蕩，景色遠勝白天。不是心地洗淨、能從萬物表象中獲知真意者，不能獨自領會此中境界。

紙窗竹屋，夏葛冬裘，飯後黑甜，
日中白醉，足矣！

譯文：

紙窗竹屋，夏穿葛衣，冬著皮裘，飯後黑甜一覺，白天暢飲一醉，這就足夠了！

翠微僧至，衲衣皆染松雲；
斗室殘經，石磬半沉蕉雨。

譯文：

青山中的高僧來到，僧衣上全浸染了松雲之色；斗室中念誦殘經，石磬聲應和著雨打芭蕉之聲。

書者喜談畫，定能以畫法作書；
酒人好論茶，定能以茶法飲酒。

譯文：

愛書法的人喜歡談畫，一定能用作畫的方法寫字；好喝酒的人喜歡論茶，一定能用品茶的方法飲酒。

南澗科頭，可任半簾明月；
北窗坦腹，還須一榻清風。

譯文：
南澗中脫帽閒坐，可清賞半簾明月；北窗下露腹高臥，還需要一榻清風。

披帙横風榻，邀棋坐雨窗。

譯文：
横臥讀書，清風過榻；邀友對棋，疏雨臨窗。

洛陽每遇梨花時，人多攜酒樹下，
日：「為梨花洗妝。」

譯文：
洛陽每到梨花盛開時節，人們多攜酒到樹下，稱：「為梨花梳洗打扮。」

綠染林皋①，紅銷溪水。
幾聲好鳥斜陽外，一簇春風小院中。

注釋：

①林皋：山林水岸之處。

譯文：

綠色染透山林，落花映紅溪水。幾聲好鳥鳴於斜陽之外，一簇春風拂來小院之中。

有客到柴門，清尊開江上之月；
無人剪蒿徑①，孤榻對雨中之山。

注釋：

①蒿徑：指長滿雜草的小路。

譯文：

有客到我柴門，清樽飲酒，共賞江上明月；雜草長滿小徑，孤榻閒坐，獨對雨中之山。

恨留山鳥，啼百卉之春紅；

愁寄壠[①]雲，鎖四天之暮碧。

注釋：

①壠：高丘，高地。

譯文：

遺憾留給山中之鳥，讓牠們在春花叢中哀啼；憂愁寄寓高丘之雲，鎖住傍晚那碧色的天空。

雙杵[①]茶煙，具載陸君[②]之竈；
半床松月，且窺揚子[③]之書。

注釋：

①雙杵：古代搗衣用具，此當指製茶器具。
②陸君：指「茶聖」陸羽。
③揚子：指西漢文學家揚雄。

譯文：

雙杵與茶煙，都見於茶聖之竈；半床松月下，且閱讀揚子之書。

尋雪後之梅，幾忙騷客；
訪霜前之菊，頗愜幽人。

譯文：

尋雪後之梅，幾乎讓詩客忙壞；訪霜前之菊，很是讓隱士快心。

鄙吝一消，白雲亦可贈客；
渣滓盡化，明月亦來照人。

譯文：

貪吝之心一旦消失，白雲也可贈客；心中雜念盡數化去，明月自來照人。

水流雲在，想子美千載高標①；
月到風來，憶堯夫一時雅致②。

注釋：

① 水流二句：唐代偉大詩人杜甫，字子美，其〈江亭〉詩云：「水流心不競，雲在意俱遲。」

②月到二句：北宋理學家邵雍，字堯夫，其〈清夜吟〉詩云：「月到天心處，風來水面時。一般清意味，料得少人知。」

譯文：水流雲在，遙想杜子美千載清高品格；月到風來，追懷邵堯夫一時高雅意趣。

何以消天下之清風朗月，酒盞詩筒；
何以謝人間之覆雨翻雲，閉門高臥。

譯文：怎樣才能消受天下的清風朗月？要靠酒盞詩筒。如何可以謝絕人間的覆雨翻雲？只有閉門高臥。

心中事，眼中景，意中人。①

注釋：①本條化用北宋張先〈行香子〉中的句子，原詞下片為：「江空無畔，凌波何處，月橋邊、青柳朱門。斷鐘殘角，又送黃昏。奈心中事，眼中淚，意中人。」

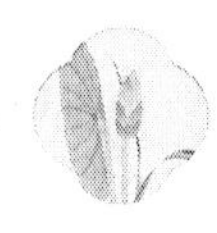

譯文：

心中之事，眼中風景，意中那人。

園花按時開放，因即其佳稱，待之以客。梅花索笑客①，桃花銷恨客②，杏花倚雲客③，水仙凌波客④，牡丹酣酒客⑤，芍藥占春客⑥，萱草忘憂客⑦，蓮花禪社客⑧，葵花丹心客⑨，海棠昌州客⑩，桂花青雲客⑪，菊花招隱客⑫，蘭花幽谷客⑬，酴醾清敘客⑭，臘梅遠寄客⑮。須是身閒，方可稱為主人。

注釋：

①梅花句：梅花為逗樂取笑之客，陸游〈梅花〉詩：「不愁索笑無多子，唯恨相思太瘦生。」

②桃花句：五代王仁裕《開元天寶遺事》：「明皇於禁苑中，初有千葉桃盛開。帝與貴妃日逐宴於樹下。帝曰：『不獨萱草忘憂，此花亦能銷恨。』」

③杏花句：唐高蟾〈下第後上永崇高侍郎〉詩：「天上碧桃和露種，日邊紅杏倚雲栽。」

④水仙句：水仙花別稱「凌波仙子」，北宋黃庭堅〈王充道送水仙花五十枝欣然會心為之作詠〉：「凌波仙子生塵襪，水上輕盈步微月。」

⑤牡丹句：唐代李濬《松窗雜錄》：「臣嘗聞公卿間多吟賞中書舍人李正封詩曰：『天香夜染衣，國色朝酣酒。』」

⑥芍藥句：蘇軾〈玉盤盂並引〉：「雜花狼藉占春餘，芍藥開時掃地無。」

⑦萱草句：古人認為種植萱草可以遺忘憂愁，於是稱萱草為忘憂草。

⑧蓮花句：蓮花與佛教關係緊密，如佛座作蓮花形，稱「蓮座」。

⑨葵花句：葵花向著太陽，是謂「丹心」。

⑩海棠句：唐代《百花譜》載：「海棠為花中神仙，色甚麗，但花無香無實。西蜀昌州產者，有香有實，土人珍為佳果。」

⑪桂花句：神話傳說月中有桂樹，又以桂花代指月。

⑫菊花句：陶淵明後，菊花成為了隱士的象徵物。

⑬蘭花句：幽谷客：《孔子家語》：「芝蘭生於深林，不以無人而不芳。」

⑭酴醿句：酴醿本為酒名，以之名花因為它潔美清香。宋代詩人曾端伯以十種花各題名

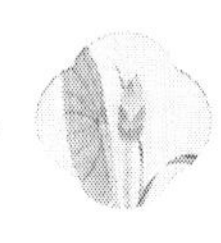

目，稱為十友，酴醾為韻友。

⑮臘梅句：南朝陸凱〈贈范曄〉詩：「折梅逢驛使，寄與隴頭人。江南無所有，聊贈一枝春。」

📖 **譯文：**

園中花按時開放，於是藉著它們的好稱呼，視它們作好客人。梅花為索笑客，桃花為銷恨客，杏花為倚雲客，水仙為凌波客，牡丹為酣酒客，芍藥為占春客，萱草為忘憂客，蓮花為禪社客，葵花為丹心客，海棠為昌州客，桂花為青雲客，菊花為招隱客，蘭花為幽谷客，酴醾為清敘客，臘梅為遠寄客。必須此身悠閒，才可稱為主人。

馬蹄入樹鳥夢墜，月色滿橋人影來。

📖 **譯文：**

馬蹄聲傳來，樹上的鳥兒夢中驚墜。月光灑滿小橋，有人影無聲走來。

無事當看韻書，有酒當邀韻友。

📖 **譯文：**

無事時當看雅韻之書，有酒時當邀風韻之友。

秋風解纜，極目蘆葦，白露橫江，情景悽絕。孤雁驚飛，秋色遠近，泊舟臥聽，沽酒呼盧[1]，一切塵事，都付秋水蘆花。

注釋：

① 呼盧：古代一種賭博遊戲。

譯文：

秋風中解纜放舟，在蘆葦叢中極目遠望，見白霧橫陳江面，情景十分悽清。孤雁驚飛，秋色遠近蕭然，泊舟臥聽秋聲，買酒鬧賭，一切塵俗事，都交付給秋水蘆花。

設禪榻二，一自適，一待朋。朋若未至，則懸之。敢曰：陳蕃之榻[1]，懸待孺子；長史之榻，專設休源[2]。亦唯禪榻之側，不容著俗人膝耳。詩魔酒顛，賴此榻祛醒。

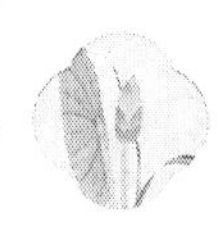

注釋：

①陳蕃之榻：用陳蕃禮待徐孺子事。

②長史二句：《南史．孔休源傳》：「（孔休源）歷祕書監，復為晉安王府長史、南蘭陵太守，別敕專行南徐州事。休源累佐名蕃，甚得人譽，王深相倚仗，常於中齋別施一榻，云『此是孔長史坐，人莫得預焉，其見敬如此。』」

譯文：

設兩張參禪的床榻，一張自己享用，一張接待朋友。朋友沒來時，就把床榻懸起來。敢說：當年陳蕃之榻，懸著等待徐孺子；長史的床榻，專為孔休源而設。我這禪榻邊上，也不容俗人踏足。作詩的魔頭、好酒的狂人，都要靠著這禪榻醒酒呢！

春夏之交，散行麥野；
秋冬之際，微醉稻場。
欣看麥浪之翻銀，積翠直侵衣帶；
快睹稻香之覆地，新醅欲溢尊罍①。
每來得趣於莊村，寧去置身於草野。

注釋：

① 罍：盛水或酒的容器。

譯文：

春夏之交，閒走向青麥田野；秋冬之際，微醉於稻穀之場。欣然看麥浪翻銀，濃翠直侵入衣帶；快然睹稻香覆地，新酒將溢位酒杯。每每村莊得趣，寧願草野安身。

歲行盡矣，風雨悽然，紙窗竹屋，燈火青熒，時於此間得小趣。

譯文：

一年將盡，風雨悽然，紙窗竹屋，燈火青光閃映，我倒不時在此中得些趣味。

法飲宜舒，放飲宜雅，病飲宜少，愁飲宜醉，春飲宜郊，夏飲宜庭，秋飲宜舟，冬飲宜室，夜飲宜月。

譯文：

按規矩飲酒適宜從容些，豪放飲酒適宜文雅些，病中飲酒宜少，憂愁時飲酒宜醉，春日

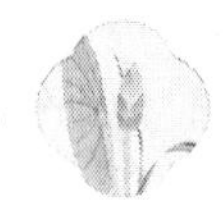

飲酒宜在郊野，夏日飲酒宜在庭院，冬日飲酒宜在室內，夜裡飲酒宜在月下。

甘酒以待病客，辣酒以待飲客，
苦酒以待豪客，淡酒以待清客，
濁酒以待俗客。

譯文：

甜酒招待病弱客，辣酒招待善飲客，苦酒招待豪放客，淡酒招待清雅客，濁酒招待凡俗客。

娟娟花露，曉溼芒鞋；
瑟瑟松風，涼生枕簟。

譯文：

娟娟花露，晨溼草鞋；瑟瑟秋風，涼生枕蓆。

明窗淨几，好香苦茗，有時與高衲談禪；
豆棚菜圃，暖日和風，無事聽友人說鬼。

譯文：

明窗淨几，好香苦茶，有時與高僧談禪；豆棚菜圃，暖日和風，無事聽友人說鬼。

花事[1]乍開乍落，月色乍陰乍晴，

興未闌，躊躇搔首；

詩篇半拙半工，酒態半醒半醉，

身方健，潦倒放懷。

注釋：

①花事：與花有關的事，這裡指花。

譯文：

花朵忽開忽落，月色時陰時晴，興致未盡，徘徊搔首；詩篇半拙半工，酒態半醒半醉，身體正健，散漫縱情。

石上藤蘿，牆頭薜荔，

小窗幽致，絕勝深山，

加以明月清風，物外之情，盡堪閒適。

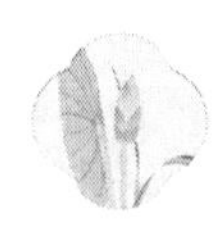

譯文：

石上藤蘿，牆頭薜荔，小窗前的幽美景致，遠勝過深山中風景，加之明月清風，真彷彿身處世外，可盡享閒適。

出世之法，無如閉關。
計一園手掌大，草木蒙茸，
禽魚往來，矮屋臨水，展書匡坐，
幾於避秦[1]，與人世隔。

注釋：

①避秦：陶淵明〈桃花源記〉：「（桃源中人）自云先世避秦時亂，率妻子邑人來此絕境，不復出焉，遂與外人間隔。」

譯文：

超脫塵世的方法，最好是閉門謝客。手掌那麼大一處園子，草木蔥蘢，禽魚往來，矮屋臨水，開卷端坐，如同桃花源中人躲避秦朝戰亂，與人世相隔。

山上須泉，徑中須竹。

讀史不可無酒，談禪不可無美人。

譯文：

山上要有泉水，小徑上要有竹子。讀史書不可無酒陪讀，談禪不可無美人相伴。

蓬窗夜啟，月白於霜；

漁火沙汀，寒星如聚。

忘卻客子作楚，但欣煙水留人。

譯文：

簡陋的窗戶在夜裡開啟，月白如霜；漁家的燈火在沙洲上閃耀，寒星如聚。一時忘了自己客居楚地，只欣喜此地煙水留我。

無欲者其言清，無累者其言達。

口耳巽[1]入，靈竅忽啟。

故曰不為俗情所染，方能說法度人。

注釋：

① 巽：卑順；謙讓。

譯文：

沒有欲望的人言語清新，沒有牽累的人言語通達。言語謙遜入他人之耳，才能很快啟發別人的慧心。因此，不被俗情汙染，才能說法度人。

午夜無人知處，明月催詩；
三春有客來時，香風散酒。

譯文：

午夜無人知處，明月催發詩情；三春有客來時，香風吹散酒味。

旨愈濃而情愈淡者，霜林之紅樹；
臭愈近而神愈遠者，秋水之白蘋。

譯文：

滋味越濃而情懷越淡，正如經霜森林中的紅樹；味道越近而神韻越遠，恰似秋天江水邊的白蘋。

案頭峰石，四壁冷浸煙雲，何與胸中丘壑？

枕邊溪澗，半榻寒生瀑布，爭如舌底鳴泉。

譯文：

案頭擺設山峰奇石，四壁如被煙雲浸冷，如何比得上胸中深廣之丘壑？枕邊就是山溪鳴澗，一半床榻受瀑布寒侵，怎麼比得上舌底善談之鳴泉？

幽堂晝密，清風忽來好伴；
虛窗夜朗，明月不減故人。

譯文：

清幽堂屋，白晝漫長，清風忽來做伴；窗外虛靜，夜空清朗，明月不輸故人。

高臥酒樓，紅日不催詩夢醒；
漫書花榭，白雲恆帶墨痕香。

譯文：

酒樓上怡然高臥，紅日不來催促詩夢甦醒；花榭中隨心作字，白雲常常帶著墨痕清香。

梅稱清絕，多卻羅浮一段妖魂①；
竹本蕭疏，不耐湘妃數點愁淚②。

注釋：

①羅浮一段妖魂：柳宗元《龍城錄．趙師雄醉憩梅花下》：「隋開皇中趙師雄遷羅浮，一日天寒日暮，在醉醒間，因憩僕車於松林間酒肆傍舍，見一女子淡妝素服出迓師雄，時已昏黑，殘雪對月色微明，師雄喜之。與之語，但覺芳香襲人，語言極清麗，因與之扣酒家門，得數杯相與飲。少頃，有一綠衣童來，笑歌戲舞亦自可觀。頃醉寢，師雄亦懵然，但覺風寒相襲。久之，時東方已白，師雄起視乃在大梅花樹下，上有翠羽啾嘈相顧，月落參橫，但惆悵而已。」

②湘妃數點愁淚：湘妃，舜二妃娥皇、女英。相傳二妃聽聞丈夫去世，淚水染成竹斑，後沒於湘水，成為湘水之神。

譯文：

梅花最稱清高，卻多了羅浮山下一段妖魂佳話；竹子本來灑脫，自不能承受湘妃幾點哀愁之淚。

夭桃紅杏，一時分付東風；
翠竹黃花，從此永為閒伴。

📖 **譯文：**
妖豔的桃花、粉紅的杏花，一時都付與春風；翠綠的竹子、清淡的黃菊，從此做清閒伴侶。

花影零亂，香魂夜發，冁然[①]而喜。
燭既盡，不能寐也。

📖 **注釋：**
① 冁然：笑的樣子。

📖 **譯文：**
花影零亂，她們的香魂在夜裡如此活潑，歡喜躍動。燭火已盡，我仍不能入睡。

雲落寒潭，滌塵容於水鏡；
月流深谷，拭淡黛於山妝。

譯文：

雲映寒潭，於水鏡中滌洗臉上的風塵；月流深谷，替山林擦拭掉淡淡的粉黛。

尋芳者追深徑之蘭，識韻者窮深山之竹。

譯文：

尋芳者追尋深徑幽蘭，識韻者窮探深山修竹。

野築郊居，綽有規制。
茅亭草舍，棘垣竹籬，
構列無方，淡宕如畫，
花間紅白，樹無行款。
徜徉灑落，何異仙居？

譯文：

郊野築室居住，寬裕而有規制。茅草建亭搭屋，荊棘作牆竹子編籬，布置沒有特定的方法，只是舒展自在如畫，花樹紅白相間，並不在乎行列。如此安閒瀟灑，與仙人居所有何不同？

墨池寒欲結，冰分筆上之花；
爐篆①氣初浮，不散簾前之霧。

注釋：

①爐篆：指香爐中升起的煙縷，其繚繞如同篆書，故稱。

譯文：

硯臺寒冷即將結冰，筆頭分叉已凍結成了冰花；香爐中煙氣開始飄浮，仍然驅散不了簾前的寒霧。

青山在門，白雲當戶，明月到窗，涼風拂座。
勝地皆仙，五城十二樓①，轉覺多設。

注釋：

①五城十二樓：古代傳說中神仙的居所。比喻仙境。

譯文：

青山在門，白雲當戶，明月到窗，涼風拂座。如此美好之地，盡屬仙境，那仙界的五城十二樓，倒覺得是多餘了。

逸字是山林關目，用於情趣，則清遠多致；用於事務，則散漫無功。

譯文：

「逸」字是歸隱山林的關鍵，用在情趣，就清雅高遠而多情致；用在事務，就放任散漫徒勞無功。

柳下艤[1]舟，花間走馬，觀者之趣，倍過個中。

注釋：

① 艤：停船靠岸。

譯文：

柳下泊小舟，花間騎快馬，旁觀者的樂趣，倒是更高一倍。

至奇無驚，至美無豔。

📖 **譯文：**

最奇特的並不驚人，最美麗的並不豔麗。

瓶中插花，盆中養石，

雖是尋常供具，實關幽人性情。

若非得趣個中，布置何能生致！

📖 **譯文：**

瓶中插花，盆中養石，雖是尋常陳設，實則關乎隱士性情。若不是深知個中情趣，布置怎會有情致？

誠實以啟人之信我，樂易以使人之親我，

虛己以聽人之教我，恭己以取人之敬我，

奮發以破人之量我，洞徹以備人之疑我，

盡心以報人之托我，堅持以杜人之鄙我。

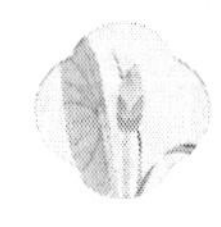

譯文：

真誠實在讓別人信任我，和樂平易讓別人親近我，虛心謙遜聽從別人教導我，恭謹律己讓別人敬重我，奮發有為以免別人輕視我，光明磊落防備別人懷疑我，盡心盡力回報別人託付我，堅持不懈杜絕別人鄙視我。

電子書購買

爽讀 APP

國家圖書館出版品預行編目資料

小窗幽記：但看花開落，不言人是非 / 陳繼儒著，何攀 評注 . -- 第一版 . -- 臺北市：崧燁文化事業有限公司 , 2024.02
面； 公分
POD 版
ISBN 978-626-394-003-1(平裝)
1.CST: 小窗幽記 2.CST: 注釋
075.6 113000974

小窗幽記：但看花開落，不言人是非

臉書

作　　者：陳繼儒
評　　注：何攀
發 行 人：黃振庭
出 版 者：崧燁文化事業有限公司
發 行 者：崧燁文化事業有限公司

E-mail：sonbookservice@gmail.com
粉 絲 頁：https://www.facebook.com/sonbookss/
網　　址：https://sonbook.net/
地　　址：台北市中正區重慶南路一段六十一號八樓 815 室
Rm. 815, 8F., No.61, Sec. 1, Chongqing S. Rd., Zhongzheng Dist., Taipei City 100, Taiwan
電　　話：(02) 2370-3310　　　傳　　真：(02) 2388-1990

印　　刷：京峯數位服務有限公司
律師顧問：廣華律師事務所 張珮琦律師

定　　價：375 元
發行日期：2024 年 02 月第一版
◎本書以 POD 印製
Design Assets from Freepik.com